哀しい予感

哀愁的预感

BANANA
YOSHIMOTO

[日]
吉本芭娜娜 ————— 著

李重民 ————— 译

上海译文出版社

目录

哀愁的预感

　　那是一幢独门独户的老式房子，坐落在离车站相当远的住宅区，地处一座大型公园的背后，所以一年四季都笼罩着粗犷的绿的气息，譬如在雨停以后的时间里，房子所在的整个街区仿佛全变成了森林，弥漫着浓郁的空气，让人喘不过气来。

　　那幢房子一直由阿姨一个人独自住着。我在那里只住过一段很短的时间。后来回想起来，滞留在那里的时间，已经成为我最初也是最后一段极其珍贵的时间，一想起来就会感到一种莫名的伤感。那些日子，我失去了外界，好像无意中走进了寻觅已久的幻觉里。

　　我怀念那段只有我和阿姨两个人度过的透明的

时间。共同拥有那段纯粹出自偶然孕育的、处在时间夹缝里的空间，我感到很幸运。足够了。正因为它已经结束，所以才有价值；唯有向前进才能让人感觉人生之悠长。

我清晰地回忆起来。玄关陈旧的大门上，金色的把手已经晦暗，院子里被遗弃的杂草因无人修整而疯长，和枯竭的树木一起森然地遮挡着天空。爬山虎覆盖着灰暗的墙壁，破裂的窗玻璃上胡乱地贴着胶带。地板上积满灰尘，透过清朗的阳光飞舞起来，又静静地落在地板上。所有东西都随意散乱地放置着，断了丝的灯泡也从来没有换过。那里是不存在时间的世界。直到我拜访的那一刻，阿姨一直在那里独自一人，简直像沉睡了似的悄悄地生活着。

她在私立高中当音乐老师，快三十岁了还孤身一人，不知什么时候起一个人生活的。请想象一下"朴实而未婚的音乐教师"的形象。早晨她去上班时，给人压根儿就是那样一种印象。她总是严严实实地裹着沟鼠色套装，从不涂脂抹粉，头发用黑色橡皮筋紧紧扎成一束，穿着半高跟的皮鞋，迎着朝霭在道路上"嗒嗒嗒"地走去。她是人们常见的那种人，面容长得异常地美却无心梳妆，总把自己弄得十分土气。只能这样想，阿姨是在实践故意把自己装扮得像一本无视社会的"便览"，仿佛在说"我这样一副模样，像是一个音乐老师吧"。因为，她在家里穿着睡衣似的宽松的衣服，悠然自得的时候，她就像换了个人似的变得洗练而美丽了。

阿姨的生活总之就是很古怪的。她一回到家就马上换上睡衣，脱掉袜子。而且，要是不去管她，她一整天都是修修指甲，剪剪开叉的头发，无所事事。再不就是连着几个小时恍恍惚惚地注视着窗外，或者在走廊里就地躺下睡着。读到一半的书摊开扔在一边，洗涤衣物扔在烘干机里忘得一干二净，想吃的时候就吃，困了就睡。除了自己的房间和厨房外，别的房间看来长年都没有打扫过。我到她家时，为了改变自己住的房间里那副肮脏得可怕的模样，不得不打扫了一个晚上，弄得浑身漆黑。那样的时候阿姨也毫无愧意，大模大样地说"有客人来了"，深更半夜还花了好几个小时独自烤了很大一个蛋糕。她做什么事都是这样随性。清扫工作彻底结束，两人一起吃着蛋糕时，天已经亮了。她做事就是这种风格，生活里丝毫没有任何秩序之类的东西可言。

尽管如此，我还是觉得阿姨因为长得漂亮，所以那些生活中的点点滴滴全都会奇妙地变成她的美点而映现出来。阿姨的确天生丽质，但是如果要从这样的意义上来说的话，那么比阿姨长得更加漂亮的大有人在。在我的眼里，阿姨显得很美，是因为她的生活啦、动作啦，还有做什么事时她表情上随即出现的些微反应给人的某种"氛围"。它给人一种感觉，甚至和谐得顽固，直到世界末日都不会被搅乱丝毫。因此，阿姨无论做什么，都美得让人啧啧称奇。她身上散发着的虚无却明朗的光充盈着周围的空间，她低垂下长长的眼睫毛懒洋洋地搓着眼睛时的模样，就像天使一样显得耀眼夺目，她那伸在地板上的纤细的腿踝完美得像一尊雕像。在那栋破旧、脏乱的房子里，所有的一切好像都随着阿姨的一举手一投足而如潮水一般缓缓地起起落落。

那天夜里，无论我在外面怎样向阿姨家里打电话，电话就是没有人接。雨哗哗地下着，我怀着忐忑的心情朝阿姨家走去。黑暗中隐隐显出一片朦胧的绿色，黑夜里呛人的空气隐含着些许孤独而清新的气息。我肩膀上背着一只背包，背包的重量压得我跌跌撞撞，我只顾一个劲地往前走。多么黑暗的夜晚。

一直以来，我一有心事就常常会离家出走。要么出去旅行，也不告诉家人自己的去向；要么就轮流借住在朋友家里。在这过程中，我的头脑会变得清晰起来，也明白了很多事情。起先每次父母都会横眉竖眼地发火，可等我读高中以后，他们终究也死了心，不再叱责我。因此像这样悄悄地突然出走，决不是稀罕的事。只是，自己会把目标锁定阿姨家这一点，都走在路上了，我还是觉得有些鬼使神差。

我和阿姨没有太深的交往，除了亲戚们全都参加的大聚会，我们平时很少见面。可是不知为什么，我却对如此古怪的阿姨颇有好感，而且我们之间还共同拥有一段小小的往事。

☆

那时，我还是个小学生。

为外公举行葬礼的那天早晨，天色晦暝，空气里散发着隆冬快要下雪时的光亮。我记得很清楚。我躺在被窝里，透过拉窗，呆呆凝望着那片清亮的天空。窗户边上挂着那天参加葬礼时要穿的丧服。

走廊里传来母亲不停打电话的声音，听得出她时不时哽咽难言。那时我还很小，不太理解"死亡"的含义，只为其声哀哀的母亲感到伤心难过。

但是中间母亲接了一个奇怪的电话，她声嘶力竭地大声说："你是怎么回事？你等一下！你怎么能……"沉默了片刻之后，母亲嘀咕说："这个雪野……"我马上就听明白了。我迷迷糊糊地寻思着，阿姨肯定不来参加葬礼了……

在前一天夜里守灵的时候，我见到了阿姨。阿姨的模样还是和周围的人有些格格不入。在母亲众多的兄弟姐妹中，就数阿姨一个人最年轻，她始终只是孤零零地伫立着，一句话也不说。而且，就数她一个人漂亮得让人憋不过气来。那大概是她唯一的一件丧服吧。我是第一次看见阿姨穿得那么循规蹈矩。黑色连衣裙的下摆处还挂着洗衣店的标牌。母亲看见后帮她取下来，她丝毫也没有感到害臊，甚至连表示歉意的微笑都没有。相反，她悲痛地缓缓低下了头。

我和家人站在一起，默默看着陆陆续续赶来吊丧的人们。我下意识地注视着阿姨，目光无法从她身上离开。

　　她的眼睛下方出现了黑眼圈，嘴唇煞白，一眼望去，在黑与白的反差中，她透明得像一个幽灵。门外的接待处摆着一座硕大的暖炉，在昏暗中吐着热风。在凛冽的黑夜里，暖炉轰轰地燃烧着，火焰熊熊，阿姨的面颊被那红光染得分外鲜亮。这天夜里埋藏着幽暗的骚动，大家相互寒暄着，用手帕按着眼角，只有阿姨一个人静静的，就好像完全融入了黑暗一样。她只戴一串珍珠项链，手上什么也没拿，唯独眼睛映照着暖炉里的火，闪出耀眼的光。

　　她一定是拼命强忍着不让自己哭出来——我想。去世的外公最担心的就是独居的阿姨，她备受外公的宠爱。外公外婆家离阿姨住的地方很近，应该是经常来往的吧。那时我还年幼，只知道这些，但望着阿姨那默默伫立凝视黑夜的身影，连我也仿佛感受到了她的悲痛之深。是的，我特别能够理解阿姨。尽管阿姨沉默寡言，但只要凭她一个细小的动作，或视线的变化，或一个低头，我就能大概猜到她是高兴还是无聊，抑或生气。每当母亲和别的亲戚半是无奈半是爱怜地议论阿姨，说"一点儿也猜不透这孩子到底在想些什么"时，我总会觉得不可思议，为什么大家都不了解她呢？为什么我这个小孩却能如此清晰地感受到呢？

当真就在我这么想的那一瞬间，阿姨突然流下泪来。开始还只是那些透明的水滴扑簌簌地沿着面颊落下来，不久就变成了哽咽，再以后就变成了号啕大哭。这些变化，只有我看见了，只有我能够理解。周围的人大吃一惊，把她搀扶到里面。但是，四周没有人始终关注着阿姨，他们只是感到惊讶。只有我一个人自始至终关注着她，我从内心感觉到这种无法言喻的自信。

听说，那天阿姨只是说了一句"葬礼我不去参加了，我要去旅行"，就把电话挂掉了。不管母亲再打多少电话过去，她都不接。葬礼举行时阿姨没有露面，后来母亲不知打了多少次电话，她都不在家。好几天没有联络上，母亲只好死心，幽幽地说："她一定是去了很远的地方，等过一阵子再打去试试吧。"

葬礼第二天，我怎么也无法排除阿姨在家的感觉，便独自去了阿姨家。别看我还不满十岁，行动却很果敢。每次看着母亲听着电话里的呼叫音、叹着气无力地放下听筒时，我都会产生一种强烈的念头："阿姨一定在家，只是不接电话。"我就是想去证实这一点。

我背着双肩包，乘上了电车。正是傍晚，天上飞舞着雪花，寒冷彻骨。我的心扑通扑通狂跳。尽管如此，我还是去了。好不容易找到阿姨家，房子黑黢黢地耸立在昏暗里，我心里感到不安，一边担心她真的出门了，一边伸手按响了门铃。我就像祈祷似的一遍又一遍按响门铃。不久，门背后传来微微的声响，我能感觉到是阿姨走过来屏住了呼吸站在门背后。

"我是弥生。"我说道。

门"咔嗒"一声打开，阿姨显得十分憔悴，她以一副简直不敢相信似的目光望着我。她的眼睛又红又肿，肯定是躲在昏暗的房间里一直哭。

"你有什么事？"阿姨问。

我战战兢兢地回答说："我想你肯定在家的。"

就这样一句话，我已经是竭尽全力了。

"进来吧。不能告诉你母亲啊。"

阿姨说着，惨惨一笑。她穿着白色的睡衣。我是第一次独自一人来阿姨家，在我眼里，这荒凉的房子里面显得非常孤寂和寒冷。

阿姨的房间在二楼。我猜想大概只有那间房里有暖炉。那时阿姨带着我去了她的房间，里面有一架黑色的大钢琴。她用脚把乱七八糟的东西推开，放下坐垫。

"你坐着，我去拿点喝的来。"

她说着走下楼去。窗外雨雪交加，房里稀稀落落地响着冰点打在窗玻璃上的声音。我惊讶于阿姨家一带的夜晚来得特别地悄无声息，特别地黑暗。一个人长期单独居住在这样的地方，我连想都不敢想。无可名状地感到心里很不舒服。说实话，我想早点回家。只是——

"弥生，你喜欢喝可尔必思①吗?"

阿姨说着走上楼来，她那红肿的眼皮令我心痛得说不出话来。我只"嗯"了一声，接过她递来的杯子，里面装着热的可尔必思。

"我向学校请了假，在家里一个劲地睡觉。"

已经没地方坐了——阿姨坐到床上说，脸上这时才流露出真正的笑容，我也终于松了一口气。我根本不知道阿姨为什么不和外公外婆住在一起，却独自住在这栋眼看就要倒塌的房子里。不知为什么，我觉得外公的去世，仿佛使阿姨真的变成孤零零一人了。因此，虽然我年纪还很小，但既然把我当做大人看待，我就想对她说些什么。

-----

① 商标名，日本于 1919 年创制的一种功能性乳酸菌饮料。

"你母亲说我去旅行了吧?"

"嗯。"

"我在家的事,你可要保密啊!那些大人,我一个也不想见,我怕她们烦人,你能理解吧?"

"嗯。"

阿姨那时在音乐大学读书。书架上排列着数量众多的乐谱,乐谱架上还立着一本打开的乐谱。书桌上开着台灯,上面杂乱地堆着一些报告纸张。

"你在练琴?"我问。

"没有,"阿姨望着乐谱架微微笑了,"一直就这么放着。你看,上面都积灰了。"

她说着静静地站起身朝钢琴走去。她用手掌匆匆抹了几下黑色琴盖上的灰尘,然后打开琴盖,在琴凳上坐下了。

"我弹首曲子吧?"

临近夜晚的屋子里有着一股永恒的宁静。我"嗯"了一声,阿姨不看乐谱就弹奏起一支幽幽的曲子。阿姨只在弹琴时才会挺直脊背，一张脸专注地追着手指移动。风雪交加的声音和钢琴的韵律交杂在一起，回荡出一个神秘的世界，简直就像置身在一个陌生的国度，一时恍如梦中。我暂时忘却了外公的去世和阿姨的悲伤，单纯地陶醉在那个空间里。

曲子结束，阿姨叹了口气。

"好久没弹琴了。"她说着，合上琴盖，对我莞尔一笑。"你肚子饿了吗？吃点什么吧？"

"不了，我是瞒着家里来的，这时候该回家了。"我说。

"也对。"阿姨点点头，"到车站的路，你认识吗？我穿着睡衣，不能出去送你。"

"没关系。"

我站起身，走到走廊，下楼梯时，一股凛冽的寒气直透我的体内。

"我走了。"

我穿上鞋。其实我有很多话想对阿姨说，但到了关键的时候，面对离群索居、果然在家的她，我却什么都讲不出来，这令我无限伤感。不过当时我已经尽力了。

我一脚刚跨出门，阿姨喊住了我："弥生。"

嗓音静静的，带着余韵。我回转身去看着阿姨。我离开以后，她又会回到阴暗的房间里度过长夜吧。我觉得，正因为我来过，反而使我离去后的时间变得更加孤单无助。背后衬着走廊里的灯光，只有阿姨那洁白的裸足显得格外分明。她集聚起深邃的芒辉望着我，那目光像要诉说什么，又像在眺望着远处。

"弥生，你来，我很高兴。"阿姨说着，露出淡淡的微笑。

"嗯。"我答应道。我想我已经把我的来意传递给她了。阿姨完全能够领会。我挥挥手，离开了阿姨家。我在砭人肌骨的黑夜里抖抖索索地往家赶。因为我晚回家，母亲严厉地叱责我，追问我去了什么地方，但我坚决不说。我觉得对谁都不能说。

☆

　　在阿姨家度过的那片刻时光，给我留下神神秘秘的感觉，我将它收藏进内心深处。在那呈现出独特色彩的空气里，在有阿姨居住着的空间里，仿佛就连流逝而去的时间都放缓了脚步。那时那刻的印象奇妙地、令人怀念地袭上心头，烙在我心上。

　　不久，阿姨家那白色的墙壁隐现于树丛间，当看见亮着小小的一点灯光的窗户时，我不由松了一口气。阿姨果然在家里。我站在房子前面，推开挂着许多闪着幽光的水滴的锈蚀的铁门，接着按响了门铃。我感到有些紧张，片刻后，耳朵里听到里侧传来慢慢走近的脚步声。阿姨站在门背后问道："是哪一位?"

　　"是我，弥生。"我说道，门随即打开了。

　　"哇! 很久没有看到你了。"

阿姨一见我就这么说道，脸上浮现出淡淡的笑容。她那大大的眼眸深邃而清澈，端正的浅色双唇描绘出亲切的笑容——我注视着她的眼眸和嘴唇，感到恍如在梦中。

"对不起，突然打搅你，我已经给你打过好几次电话了。"说着，我"嗨哟"一声把手提包放在门口的水泥地上。

"哦！电话，我听到电话铃在响……最后因为怕烦……对不起啊！"阿姨说着，看着我的手提包笑了。"快进屋啊！怎么，你是旅行回来？"

"嗯，只是离开一下罢了。我想在你这里住几天，尽量不打搅你。"我说道。

"呀，是离家出走！"

阿姨眼睛瞪得圆圆地说道。那如呢喃细语一般的声音里像是带着些为难，但我的心里某处却有足够的自信与把握，我相信不会有问题的，这个人一定会让我住下，我们俩的关系绝对是很好的。

"……不行？"我平静地向她确认道。

"当然可以啊，这不是明摆着的吗？你知道这里有房间空着吧，只要你愿意，你就来住啊。"阿姨开始时眼神有些呆然若失，后来语气变得很明快，"快进屋，要被雨淋湿了。"

接着，她把我领进房子里。

那天夜里，雨声低沉，夜色浓重。进屋时被随手关上的房门之中有一片静谧的空间。阿姨踩着吱吱嘎嘎作响的走廊朝厨房走去，在古旧的大炉灶上烧开水，为我沏了一壶热气腾腾的红茶。她穿着白色睡衣的背影在墙壁上投下巨大的身影。阿姨什么也没有问我。茶水的馨香弥漫了整个屋子。我把肘支在桌子上，突然想到"我只是想再一次来这里看一下罢了"。一种相信自己已经理解了一切的确信随随便便地就进入了脑海。我对这样的自己感到很不可思议，我高兴极了，得意得眼泪都快流出来了。我只要来这里就感到满足了。

随后，我当真是久违地听到了阿姨弹钢琴。和以前完全一样，是轻柔的音色。一个阴霾的下午，从二楼阿姨的房间里流淌出优美的乐曲。我从厨房的窗口默默注视着乐曲在院子的树丛间穿梭，柔柔地消失进灰色的天空。我在那段日子里才第一次知道，"声音"这东西，有的时候是肉眼看得见的。不！那时，我眺望着的是某种更值得怀恋的景致。那优美的旋律唤醒我甜蜜的情感，一种仿佛在遥远的过去总是这样注视着声音的情感。我闭上眼睛，侧耳聆听，恍若置身于绿色的海底。整个世界好像闪耀着明亮的绿光。水流清透舒缓，好像无论多么痛苦的事，在这里面都会像掠过肌肤而去的鱼群。我有了一种哀愁的预感，仿佛自己将一个人独自走到天黑，就那样迷失在远方的潮流里。

这是我十九岁那年初夏的一个故事。

☆

　　那个星期天，我还赖在床上睡着。母亲一早就在院子里打理盆栽。父亲被母亲喊去帮忙，他时而大声说笑，时而抱怨什么，声音一直传到我这里。如果我现在起床的话，母亲一定也会把我喊去院子里帮忙的，于是父亲就会像遇到救星一样溜到哪个地方去，这是显而易见的……我这么想着，又昏昏沉沉地睡着了。

　　我们家改建后焕然一新，我们搬到新家已经快一个星期了。早晨醒来，睁开眼睛看见陌生的天花板，头脑里一下子拐不过弯来，还会吓上一跳。房间里仍弥漫着崭新的涂料和白木的气味，微微有一种疏远的感觉。自从搬家以后，我一直有些忧郁，好像自己的体内正在发生着某种变化，某种记忆在我的脑海里旋转着，却又想不起来……我怎么也无法从头脑里抹去那样的感觉。

不知为什么，我全然没有幼年时期的记忆。我的内心里，我的相册里，全然没有。

这的确是很不正常的，但是那种反常已经完全融入日常生活里，人一般总是面对未来，所以渐渐地我也就淡忘了。

家里还有父亲和母亲，还有小我一岁的弟弟哲生。我们的家庭是一个明亮的世界，就像斯皮尔伯格的电影里出现的中产家庭那样，洋溢着幸福。父亲婚前在一家企业里当医生，结识了当护士的母亲，两人结了婚。家里永远洋溢着有节制的活泼气氛，桌上一年四季都放着鲜花，家里有自制的果酱、咸菜，还有烫好的衣服、高尔夫球具、上等酿酒。母亲非常勤快，一刻都闲不住，她总是那么开开心心地收拾家里，养育我和哲生。我还有一个以健康的心态保护着家庭的父亲。我永远都是一个幸福的女儿，然而不知为什么，有时我偏偏会胡思乱想。

"不单单是童年时代的记忆，我还把什么重大的事情忘掉了。"

有时吃着晚饭或看着电视的时候，父母常常会不经意地谈起我和哲生小时候的事情，都是些愉快的回忆……第一次在动物园看到狮子，摔倒时把嘴唇磕破流了很多血而号啕大哭，我经常把哲生惹哭……父亲和母亲说话时语气平和，笑脸中没有丝毫阴影，我和哲生一起听着，一边开怀大笑。

但是，心底里有个什么东西在一闪一闪地闪烁着光亮。还欠缺些什么，应该还有什么——我这么感觉到。这也许纯粹是我胡思乱想。童年时的记忆，大部分人都会极其正常地忘掉。尽管如此——皓月当空的夜里，当我站在屋子外，有时却会坐立不安起来。每当站在风中，抬头仰望着遥远的天空时，一些令我无限怀恋的记忆便会呼之欲出。记忆的确已经探出了头，但再一凝神回想，却已不知不觉消失。一直都是这样的感觉。为了改建房子，我们在外面租房子住了一段时间。自从在那房子里发生了一桩小事件以后，这个疑问便越来越强烈地勒紧了我的胸口。

"弥生！该起床啦，已经快到中午啦。"

楼梯下传来父亲的喊声。无奈，我只好起床下楼。父亲正在门口把拖鞋换成运动鞋。

"怎么回事啊！原来是自己想要溜走，硬把我喊起来当替死鬼。"我埋怨着。

"硬拉你起床也好，什么也好，都已经中午了呀！我已经帮着做过一些了，下面就拜托你了。"

父亲笑着。也许是头发覆盖着前额的缘故，星期天父亲总是显得很年轻。

"出去散步?"

"嗯，我溜出去一下，马上回来。"

父亲说完就出去了。近来他非常喜欢散步，不久将会养一条小狗来做伴。听说是某个国家的、可以养得很高大的品种。家里人都很乐意养一条那样的狗。

我打开通往起居室的门，站在面对院子的大窗户跟前，透过窗玻璃，能看见母亲戴着手套神情专注地移种庭院树的身影。

我从冰箱里取出牛奶，用微波炉加热面包，开始吃已经迟到的早餐。睡得过了头，头脑有些昏昏沉沉。在厨房里铺着木地板的地方，哲生正全神贯注地用锯子锯木板。

"吵死了，你在做什么？"

我一边嚼着面包，一边走近哲生。地上铺了报纸，报纸上叠着几块木板，边上放着油漆罐。哲生"嘎嘎"地锯着木板。

"我在搭建狗屋呀！"哲生说着，用下巴示意脚边撒满木屑的设计图。

"人家送的不是一条小狗吗？"我捡起设计图，见狗屋建得很大，很觉吃惊。

"会长到那么高的。"哲生说着，又埋头锯起木板来。

"再说'大能兼小'是吧。"我笑了。

"你真聪明，弥生。"

他头也不抬，笑着说道。阳光照着他的手，我蹲在边上看了一会儿。

我真的很喜欢这个弟弟。本来就没几个人会讨厌他。哲生就是这样一个乖小孩。我们从小就很投契，作为姐弟俩，我们和睦得让人不敢相信。我表面上没将他当回事，但心底里对他非常尊重，因为他总是以一种纯真的热情对待事物。他天生具有一种不愿暴露自己软弱的顽强和开朗，无论对什么都能不知畏惧地勇往直前。现在他读高三，将要参加高考，但我们都用不着为他担忧。他高高兴兴地买回一大堆习题集，做游戏似的做完一本又一本。对他来说，考上与实力相符的大学，似乎是理所当然的。烦恼的时候就动动手。我一直就很羡慕他。他非常单纯，有时也很天真，但他是一名特别的少年。父母亲和亲戚们异口同声地说，如果有人生而拥有高洁的心灵，如果有人具有高尚的品格，那这个人就是哲生。

"弥生，把卷尺递给我。"哲生对我说。

“好嘞。”

我从报纸堆底下找出卷尺递给他。

“怎么，你还没有从失恋的悲痛中摆脱出来？星期天还在家里闲荡着？”哲生说道。

哲生的朋友对我一见钟情，不久前我刚和那个男孩分手。

“哪里啊！我只是闲着没事。那件事我早已经忘掉了。”我说着，一边帮他压着卷尺另一端。

“嘿……”哲生说着用万能笔在木板上画记号，“哦，听说那家伙已经搬家了，这就没辙了吧。你们没有办法交往下去。”

“是啊，他搬九州去了。”

我说道。我们只约会过两三次，又不是有多么深的好感才交往的，所以分手时也没有多少牵挂，不过这些我都没有对哲生详细说。但是哲生却很在意，因为对方是他的朋友，所以他有些过意不去，我感觉得到他内心里的这份牵念。在下午的阳光中，我忽然觉得自己非常幸福，带着些许狡黠、甜蜜而奇妙的幸福。我想着永远不要道破，永远得到他的安慰。

"哲生，你真行啊。"

"行什么?"

"盖狗屋。我绝对画不出狗屋的设计图的，连想都不敢想。"

"一旦把狗领来，不会也会了。否则这么麻烦的事，我根本不会想得到。"哲生指着并排放着的木板说。

"那倒也是。"

哲生开始拉锯，我的话被那刺耳的声音淹没了。我站起身，趿拉着拖鞋走到院子里。

"弥生，快来帮帮忙。"

妈妈一见我就招呼我过去帮忙。草坪已经修整得很整洁，呼吸着倾泻而来的阳光。母亲正在掘一个坑，准备把树从大花盆里移植过去。

"好啊好啊。"

我答应着朝母亲走去。母亲擦着汗笑着说:

"说要放一间狗屋，所以院子里的树木也要重新布局呢。"

"房子修整过以后，院子好像也焕然一新了。"我说。

温煦而透明的阳光照在房子新漆的浅褐色外墙上。经母亲的手整理以后，院子里的树木宛如施过魔法一般各得其所开始呼吸起来。母亲从花盆里取出树木，细心地剥去树木根部的泥土，手上和脸上沾满泥土，劳动时她那白皙的面颊显得是那样愉快。我一边拔着杂草，一边望着远处窗玻璃背后、正在房子里搭建狗屋的哲生。看他那副神情，做得真是很认真啊！

"这孩子，从早晨七点起就这么认真地在搭建狗屋了。"母亲见我望着哲生，便说道。

"小狗都还没有到呢。"我笑了。

"的确，等到了以后再搭就太迟了。"

母亲也笑了。哲生不知道我们俩在院子里看着他，依然埋头锯着木板、敲着钉子。正因为听不见他干活的声音，所以他的神态就像是画中的一幅美景，我和母亲站在散发着全新气息的草坪上，久久地注视着他。

"这天气很古怪啊，一会儿晴天，一会儿转阴。"

母亲抬头望着天空。的确，那天下午的天空呈现着奇异的色彩，发光的云彩层层叠叠，倾泻下来的金黄色的光时而忽地变得阴郁，使草坪变成暗绿色。

"现在是梅雨季节呀。"

我说着又开始干起活来。房子空着的那段时间里，院子里杂草疯长。这种简单的作业可以让人全身心地投入。不久，雨滴突然稀稀拉拉地掉在敏捷劳作着的手上。

"呀，你父亲出去时没有带伞，没关系吧。"

不远处母亲继续在给树木挪地方，她说着站起身来。从亮晃晃的天空中倾倒而下的大颗雨珠，使母亲的表情显得非常不安。

"马上就会停的。"我安慰道。

"到这里来避一会儿雨,会淋湿的!"

母亲蹲在一棵茂密低矮的树下向我招手。雨着实下得越来越猛烈,一眨眼工夫天空也被一层暗淡的灰色覆盖了。我跑去躲到母亲身边。我们弯腰蹲在绿叶底下,躲避雷阵雨一般浇淋地面的雨滴。哲生在房子里吃惊地抬头望了望天空,向我们挥了挥手。

"呀!头发全淋湿了。"我说道。

"弥生,有件事想问问你……"母亲一本正经地喊着我的名字,却并没有转过脸来看着我。

"什么事啊?"我望着母亲。母亲望着我的目光中稍稍流露出犹豫。这是她为某件事担忧时的神情。哲生第一次有女朋友的时候,我第一次来例假的时候,父亲第一次因为过度劳累而倒下的时候,母亲都是用这样的表情呼唤我的名字。每次我都会感到一阵奇特的心虚,仿佛没有任何事情可以瞒得过母亲。我以一种仿佛被悠远而无声的家族史所吞没的心情，等着听母亲下面的话。

"弥生，待在那边房子里的时候，你是不是发现了什么怪事?"母亲问。

"你说那边的房子，就是指上次我们租的房子?"我惊讶地问，"没、没什么特别的呀!"

"你在骗我吧。你一直怪怪的，很没生气的样子。搬到这里来以后，也一直无精打采的。还有那天晚上……你在洗澡的时候还大声喊叫起来，你还记得吗?"

"那是因为洗澡水里漂着一条鼻涕虫……"我想掩饰过去，但不知道怎样才能自圆其说。

"你在说谎。你这个人会害怕鼻涕虫吗? 从那以后，你就变得有些怪怪的。到底发生了什么事?"

母亲直言不讳地问。天空乌云密布，光和灰色构成离奇的花纹，漏下倾盆大雨。草坪被雨淋湿后渐渐呈现出浓郁的绿色。

"嗯，其实吧，我……"我狠狠心说道，"我看见幽灵了。"

"幽灵?"母亲脸色陡变,望着我。

"嗯。是的。好像幽灵似的东西。"我说道。

……房子改建期间,我们在隔壁镇上靠近车站的小巷里,借住一间快被拆掉的破房子。说起来,原本是因为春天里哲生的房间漏雨厉害,怕影响他考试复习,一家人说起翻修屋顶的话题,不知不觉地发展成了全面改建,所以仓促间我们只能找到这样一间破房子临时应急。反正也就两三个月的事情,无论如何也能够应付过去,于是四个人就慌忙搬过去住了。

但是,那房子也太可怕了。一幢平房,只有三个房间和一个厨房,而且浴室设在房子的正中央。也许里面的房间是后来补建的,但房子的结构也太离奇了,无论从里面的房间去哪个房间都必须经过浴室。而且整个浴室就是一件古董,旧瓷砖不是褪色就是脱落,还有缝隙,风从外面咻咻地钻进来,最要命的是还漏水。所以洗澡时必须四个人紧接着洗,否则浴池里的洗澡水会漏光。当然,如此不方便的生活也是很新鲜的。整个家庭的情感反而变得更为密切，大家都乐在其中。

☆

那天，我走进这个"漏水浴池"。那是五月的一个冷飕飕的夜晚。

记得是夜里九点多一点。窗户微微开启着一条隙缝，散发着初夏气息的夜风从那里吹进来。我静静地泡在浴池里发呆，耳边传来潺潺的水声，宛如小河流淌过漂亮的院子。其实什么也没有，只是浴池里的水从瓷砖的裂缝里一点点渗漏出去的声音。我已经完全习惯了这种声音，听着觉得很舒心。

这间浴室好像有一条很大的裂缝通向外面，常有蚂蚁、蜗牛在浴室里爬来爬去，或烫死在浴池里。开始心里还觉得很恶心，并因此害怕得差点大叫大嚷起来，后来就习惯了。

在没有灯罩的灯泡照明之下，我神思恍惚地注视着发暗的瓷砖的镶嵌图案。在升腾的热气里，我忽然觉得自己好像要想起什么。

如果我这样描述当时的感觉，我想人们应该都能够听懂。

猛然感觉到胸腔内一阵骚动。我仿佛眼看要知道什么了。我预感到马上将会发现什么……这是一种有些哀伤的感觉，有些恐惧又有些兴奋莫名。马上就会降临的事情将颠覆我原有的一切……而心情一旦变得这样，我的头脑里就会一下子被"往事眼看就要浮现出来"这句话塞满，这又是为什么呢？

别人感觉到自己眼看就要回想起已经忘却的事情时，也是这样的吗？——我躺在洗澡水里怔怔地思考着这个问题的时候，突然，有件东西碰到我的背。是一样硬硬的、漂在水面上的大东西。

"嗯？"我回过头，背后却什么也没有，只见清澈的洗澡水在晃动。我侧耳细听，依然只有潺潺的流水声。到底是什么……我这么想着又把脑袋转回来时，顿时有一种难以忍受的讨厌之感。身体产生了强烈的反应，明明很热却冒起了鸡皮疙瘩，我恨不得马上离开。但我赤身裸体毫无防备，不宜挪动身体，头脑的中心响起一阵低沉的声音，大叫恐怖。

我正要站起来的时候，什么东西再次碰到我僵硬的后背。我再次悄悄转过身去，这下那东西清清楚楚地出现在我眼前了。

那是一只玩具鸭子。

是一只浮在浴池或游泳池里玩的橡皮鸭子，居然是红身子黄嘴巴！

我不相信自己的眼睛。原本没有的东西怎么会突然间出现在这里？我怎么也想不明白，越想越觉得一种恐惧从脚底涌上来。我霍地站起来，人叫一声"呀"，慌不择路地跨出浴池。这一切发生在转瞬之间，恍若从铁链里猛地挣脱出来似的。

母亲在厨房里听到我的声音，一把推开浴室的门，问：

"怎么了!"

我喘了一口气,再次朝浴池里望去。

——那里什么也没有。

只有热气腾腾的洗澡水剧烈地摇晃着,还有潺潺的漏水声……

"没怎么!"我回答道。我一走出浴室便回到房间趴在床上,胸口还在咚咚地跳着。

一阵浅浅的睡意随之而来。蒙眬中,我做了一个不像是梦的、感觉离奇的怪梦。

在梦中,我变成另一个不相干的人杀害了一个婴儿。呀!现在我还能清晰地回忆起那种厌恶的感觉。那些感觉始终都只是一些碎片,然而却散发着现实的气息。

盛夏的中午时分,我站在那间浴室里。浴室里洒满炽热而耀眼的阳光。看起来窗玻璃和瓷砖都是新的,这真出乎我的意料。我穿着拖鞋,但我对这双拖鞋完全没有印象,色彩搭配得像国际象棋那样可笑。拖鞋踩在板条式地板上那黏糊糊的感觉,真实得让人毛骨悚然。脖颈上冷汗涔涔，发型是从未剪过的短发。我用双手将号啕不止的婴儿发了疯似的按进浴池的水里。

婴儿的重量、微弱的抵抗、仰望着我的目光，我恐怕一生都不会忘记。我口干舌燥，一阵晕眩。阳光十分刺眼，传来轻轻的流水声。我发现放在脚边的小脸盆里，有一只在阳光的照射下闪闪发光的玩具鸭。

——这时，我醒了。

☆

我第一次把那场经历毫无保留地告诉了母亲。对这件事，我一直噤若寒蝉。晴日当头却下着雨，每次抬头望天空，阳光都直刺我的眼睛。在向母亲诉说的过程中，即使最忘情的时候，我依然觉得有些轻率。我不能相信这是真事，而且如果能做到的话，我希望能把它忘了。

"可是，这其实不过是一场梦而已，不是吗？你是把它当真了？"母亲神情认真地说道。母亲始终是一个任何时候都会倾听小孩说话的人。

"嗯。因为我已经调查过了。"我说道，声音镇定得连自己都觉得可怕。"我到房东那里打听过了，后来我又去图书馆查阅报纸，还复印下来了。说那间房子里的确发生过那样的事情，一名女招待被丈夫抛弃，精神有些异常，把婴儿杀了。日期和我梦中看见的一样，是夏天，八月份。"

"是吗？……"母亲不说话了，陷入了沉思。

我问："妈妈，类似的事情我小时候经常梦见吗？"

"怎么说？"母亲随即反问我。

我看着母亲，她的眼眸变得黯淡，让我心里生痛。

"我就是有那样的感觉啊。"

这是一次有些多此一举的对话。这一点我很清楚。宛若在孤寂的黑夜里走钢丝，在黑暗中只能看见白色的钢索和自己的脚，尽管心中发怵，却只能往前走。我低下头定定地注视脚下的草坪。

"……你吧，是一个非常敏感的孩子啊。当时我经常找那方面的书来看，就是超感觉啊、预知啊这类的书。你父亲这个人不太相信这些，所以他也不来搭理我。还在你很小的时候，你吧，每次电话铃响起，都会说出对方的名字。就连不认识的人打来，你都会说出他的名字，什么'好像是山本先生'，什么'是爸爸公司里的人'。而且几乎都被你说中呢。还有，某个地方以前曾经发生过的事，你不知为什么也能感应到。我记得最清楚的是去七里滨①的时候，你说'以前人们在这里打过仗'。我吓了一跳。还有，在曾经发生过事故的现场，或有人自杀过的岔道口，没有人告诉过你，你却害怕得不肯走近。很厉害吧？你自己已经不记得了……还

————————

① 日本古都镰仓的海岸地带，历史上著名战役的发生地。

有，你父亲半夜里和我大吵了一架，你在二楼睡得很熟，我们吵架的事，你一点也不知道，第二天吃早饭的时候我们也是有说有笑的，但早饭后你去我们的房间，会说：'爸爸和妈妈吵架了吧？'你一直都是那样，所以我们还带着你到处找医院做检查，还请教了很多专家。医生说，随着年龄的长大，这些现象会渐渐消失的。"

"是吗？"那些事，我一点都不记得了。

"是啊，那时的你，即使站在边上看着，都觉得非常特别啊。不过呢，一次性比别人感知到更多的东西，嗯——小时候是能够办到的吧。因为小孩子或多或少都是那样的。只是再怎么认为那是一种才能，我和你父亲都没有想过要将你培养成那样的人，就是上电视表演预知能力的那个克鲁瓦塞特或者能拧弯匙子的少年。我们希望你能平平安安地过一种普通的生活。而且，如果在像小时候那样受到制约的精神里还保留着那种能力，如果长大以后不受自己的意志控制而到处发挥的话，这种人就要花费很多时间用来控制自己，要不无论如何都得去医院治病，只能是这两者之一，你能明白吗？那时候我们就担心这一点，不知道商量了多少次。"

"……嗯，我很明白。"我说道，"不过那是以前的事，对我来说并不重要。我担心的问题是，以后还会因为什么事情引发神经过敏。现在我还说不清是什么，可要再次受到残留在杀人现场的怨气之类的刺激的话，我再也不可能产生感应了。"

"听你这么说，想想也真是的。"母亲终于流露出释然的笑容，"如果是那样就好了，房子也已经是新的，快忘了吧。"

"嗯，我也这么想。"

我发自内心地直点头。我重又感到震惊，因为我有着太多无法把握住自己的地方。有着太多记不住的东西，有着太多被隐匿的领域。雨停了，阳光立即洒满了大地，院子里一片光明，好像从来就没有下过雨一样。我们又开始整理院子。

我现在才清楚地领悟到，那个下了一场太阳雨的下午是一道重要的分界线。那天是星期天，全家人像平常一样，在家里各自做着自己的事。是普通而又平静的一天。

尽管如此，某种巨大的变化却怎么也阻止不了。我觉得那一天非常值得珍惜，然而当时我却分明看见一个幻影在自己头脑深处冷不丁一闪而过。那简直就好像八厘米旧电影胶片旋转着远去，却又作为一种无可替代的宝贵东西，紧紧地压迫着我的胸口，毫不理会我的惊讶，一闪一闪地映现着。

其中之一是手。一只上了年纪的女人的手，拿着剪子在修剪花。那只手不是母亲的手，更纤细，戴着镶有绿宝石的戒指。

另一个幻影，是一对夫妇愉快散步的背影。其中的女性，无疑就是刚才幻影里出现的那只手的主人。

那些情景在与眼前的现实截然不同的另一个地方清晰地不停移动着。我屏住气，希望能将那些流逝而去的幻影留驻在心里，哪怕些微也好。我感觉一瞬间就好像在车窗里望着窗外后退而去的最美好的景色，而且其中最长久、也最有印象的，就是有关"姐姐"的幻影。

那个女孩还很小，头发分梳在两边。奇怪的是她长着一张带大人味的脸，正抬头仰望着天空。她站在深绿色的池塘边，穿着一双与灰色石板反差明显的红色拖鞋，蹙着眉喊我的名字——

"弥生。"

她的嗓音很甜美。温煦的风儿吹拂着她的头发。她那令人怀恋的侧脸一动也不动，一双孤寂的眼眸望着阴霾的天空。我也抬头望着远处被风吹着快速流动的云。

"弥生，听说台风要来了。"

她说道。而且，那时我才清晰地想起这个陌生的年幼的她是"姐姐"。我没有回答，只是朝她点了点头。她注视着我，微微笑着说：

"今天晚上我们一起睡在窗户边上看暴风雨吧！"

☆

　几天后的一个夜里，我心情愉快地坐在阳台上，一小口一小口地啜着冰冻过的高档日本酒。在梅雨季节里雨停的时候，天上星星繁多。

　我的新房间虽然空间狭小，却有一个阳台，光这一点就让我不胜欢喜。无论冬夏，我都非常喜欢户外。

　但是因为太逼仄，我弓着身子挤坐着。为了固定身体，我把窗户关紧，双脚放在空调的外机上，脚底板紧紧抵着水泥墙，整个身子一动也不能动。我就这样在局促的感觉中望着高高的栏杆对面的星空。凉风吹拂我的面颊，非常惬意。我全身心地、就连指甲都沉浸在六月甘美的凉爽里。吸入肺腑的空气，清新得让人昏昏欲睡。每一颗星星都在不停地闪烁着。

我感到茫然。

我以前就常常离家出走。想集中思考某件事的时候，我就不愿意待在家里。只有去没有家人时刻留意着、不需要寒暄的地方，我才能平静下来。

不过，我自己也知道，这只是小孩的游戏。因为我知道，只要我换个地方静静地思考过一些事情，然后乖乖地、战战兢兢地回家，父母即使开始时会瞪着眼骂我几句，不久也会对我喜笑颜开。永远都是这样。现在我才第一次打从心底里痛切地感觉到，所谓的离家出走，是有家可归的人才做的事……

不知为什么，这次我的感觉有些不一样。我踌躇再三。在往旅行包里装东西的时候，好几次停下手来。这次出走，会引发什么大的事情，即使回来，也不可能恢复原来所有的一切了。

我对此确信不疑。

家肯定在这里，像以前那样离家几天后回来，表面上不会有任何变化。但不知为何，我会有那样的感觉。每次回味这种感觉，父亲那高大的背影和母亲的笑脸就会不时刺痛我的胸口。我在行李堆前陷入了沉思。

哲生，会让我更加牵挂。

他每次带着明亮的眼睛神情无邪地来到我面前时，我都会涌出一股强烈的情感，我不愿意失去这一切的一丝一毫，我不想生命中缺少他。

这时，隔着窗玻璃听到有人敲我房门的声音。我挣扎着想站起来去开门，但因为醉了，再加上地方狭窄，我一动都不能动，我嫌麻烦，就直起嗓子嚷道：

"进来吧！"

我自己还在屋子外面，根本用不着"请进"，但简直就像在电影里一样，在感觉遥远的屋子里，房门"咔嗒"一声猛地打开，哲生径直闯了进来。他毫无顾忌地走到我身边，说："你在干什么？就好像肚子朝天、胖得挤满水池的大娃娃鱼一样。"

声音透过窗户传过来，听着有些模糊。哲生穿着灰色雪纺 T 恤衫，配一条牛仔裤，光脚站在我的房间里，一只手上像平常一样拿着一本薄薄的试题集，背挺得笔直，用平素那双清澈得可怕的目光望着我。

……别的地方还有和我血脉相连的亲人。

无论怎么冥思苦想，这种事都令人难以置信。这是不可能的。但假如真是不可能的事情，那么，脑海里有关孩提时代的记忆是那样地模模糊糊，也同样令人称奇。最重要的是，我的内心深处始终不时闪烁着强烈的火花，向我诉说着"真实"。这种直觉很准。就算希望它不准，也不可能不准。

因此，我总觉得自己的心像悬浮在半空中一样。

我希望哲生来救我。我希望他用那率直的目光和充满着自信的语气对我说："那种事，不要去管它，把它忘掉！"我感到懊悔，如果真的能忘得干干净净让心情舒展的话，那是最好的了……不过我没有说出来，而是伸出一只手，使劲打开通向房间的窗户。我只是觉得晚上这窗玻璃让人喘不过气来，还是打开吧。

"什么事？"我问，坐着没动。

"没什么，胶带在你这里吧？我想借用一下。"哲生说。

"就放在桌子上。"

"你在干什么？怪模怪样的。"

"我总觉得在屋子外头心里爽快些。"

"阳台会很高兴的呀！"

哲生"嘻嘻"地笑着。他的声音穿过黑暗，简直就像闪烁着亮光的道路那样，鲜明地充满着夜空。他的声音带着能让人听着释然的音调。我想这大概是因为哲生非常喜欢我的缘故。这是不言而喻的，因为我也非常喜欢他。

"嗯，哲生，夜晚很美吧。"

我醉了。我真的有许许多多的话想对他说，临了却用玩笑的语气对他这么说道。

哲生倒没有嘲笑我，说不知道你这家伙在说些什么，他还是一脸认真地说了一句话，然后拿起胶带走出了房间。

他说："因为夜里空气清新嘛。"

这句话带着甜蜜的余韵，缓缓地渗透进我的胸中。

从很早以前起，哲生就常常在晚上被人喊出去。

有时是女孩来喊他，有时是他那帮哥们。哲生有很多朋友。他接到电话一离开家，我就会猝然觉得家里很冷寂。那是内心深处的某个角落在"等待"的孤单。当家里一旦失去了哲生纤长的手足、脚步声、背影这些再平常不过的风景，我立刻就会觉得百无聊赖。即使像平时那样有说有笑，或打电话，或看电视，一颗心还是会不可思议地下意识留意着门外的动静。尤其是有什么伤心事的日子里，深夜一个人躺在床上睡不着的时候，只要听到哲生回家打开房门、上楼梯的声音传过来，我就会一下子放下心来。我用不着走出房间迎上前去，我把哲生发出的声响当做摇篮曲，听着他的声音安然入睡。

我从来没有认真想过自己为什么会这么容易感到寂寞，夜里一个人独处时，我常常会感到无法自拔的无助，只能说是一种异常强烈的伤感，而且唯有哲生能够驱散我心头的孤寂。有哲生在身边，我无论多么哀伤，都不会出事。不过偶尔我还是会感觉到自己眼看就要回忆起什么，这时我就会沉溺其中无力自拔，如同来自远方的流浪者，在初来乍到的地方，无法感受到能长久居住下去的那种安定。

一天夜里，有一个电话打给哲生。电话是我接的。是一个陌生男人的声音。嘿嘿！又是来喊他出去的。我心里想。他就读的学校因为三教九流的人特别多，所以在附近一带非常有名。

可是，这可不是我当姐姐的可以多管的闲事。哲生正在楼上的房间里。我对着二楼大声喊道：

"你的电话！"哲生打开房门走出来。在他"咚咚"走下楼梯来的几秒钟内，我抬头看见他那副惘然若失的眼神，突然就不愿意让他出去了。这样的情感在看到他之前还完全没有。我把听筒递给他，我不愿他那双明亮的眼睛蒙上阴影。要说那种感觉之强烈，简直到了令人晕眩的程度，刹那间，我直感觉自己将要化成碎片。

我默默地把听筒交给他，然后上楼回到自己房间里。不多一会儿，我听到哲生开门出去的声音。

我只是感到心里怪怪的。

在这之前，不管哲生是在外面过夜，还是受了很严重的伤，我都只是表现出一般性的关心。但是那天晚上，在那个初夏幽静的黑夜里，我第一次发自内心地为他担心了。那时，我从窗口望出去的月亮的身影和那夜的气息是如此的诡异。尤其是我把听筒交给他，他望着我的眼睛时，两人之间有了一种相通的感觉，这样的感觉以前从未有过。那仅仅是一瞬间，却在我的心里留下了生动而神秘的影像。

　　我在房间里等着哲生回来。我竖起耳朵倾听着时钟发出硬硬的声音冷冷地销蚀着时间。开始时我还装作满不在乎的样子看看漫画做做习题来消磨时间，后来实在坐不住了，就站到窗边，俯瞰着黑暗的窗外，呆呆地等候哲生回家。

　　至于此后事态的发展，我已经说不清楚了。

　　哲生的去向，我一无所知。回家的路有三条。当我回过神来，我已经理所当然地换好衣服，打开了房门。无形的晚风在街道里穿梭，远处传来风的呼啸声。院子里树木的剪影不停摇晃，哗哗哗地喧闹，再过去看得见父母房间里的灯，他们还没有睡下。我顾不得这些，向着黑夜里漆黑的沥青路跨出了一步。我专注地搜寻哲生。拐过好几个街角，呼吸渐渐变得急促，我感觉到残留在头脑角落里的冷静的、"我为什么为了弟弟在夜路上奔走"的情绪消融在黑暗里。之后我只是像一个迷了路的幼童一样，只剩下一门心思寻找自己想要寻找的目标。我在熟悉的街道上彷徨，心里想，这简直像是恋爱。

在离家很远的街角冷不防遇见哲生的一瞬间，那样的"恋爱"戛然而止。

"喂，哲生！你从哪里回来？"我俨然一副姐姐的声音，异常平静。

"怎么是你，你在散步？"

哲生问，一副颇感惊讶的表情。见他没有明显的外伤，我松了口气。

"你打架了吧？"我笑着。

"你怎么知道？"他笑了，"这事常有啊，这不是好事情。"

"天才总是招人嫉妒的。"

我说道。我们俩并肩走在回家的路上，一边走边说话。

"我肚子饿了。感觉不是滋味，去吃点什么东西吧。"哲生说道。

"在哪里打架？"

"神社。还没有打起来。来了几个俗称'学长'

的家伙，说了一堆屁话，所以我们把他们推开就回家了。就这些。"

"是吗。"

我不知道已经是高中生的哲生平时过着什么样的生活。我有了一种新奇的感觉。我们俩一边说着话，一边安静地、缓慢地走着，简直就好像走在黑夜的深处。

我们走进了车站前的麦当劳，我发现自己没有带钱包，就由哲生付了钱。我们俩点了很多东西，拼命吃着。那种快乐异乎寻常，我真想永远这样玩乐下去。

离开麦当劳，哲生笑着说："凭什么我遇上倒霉事还要花钱请客？真是祸不单行。"

"回家后我还给你啊。"我也笑了。

"不过，吃饱了以后，感觉就好多了。"哲生抬头望着天空说道。

"这不是很好吗？"

我说道。回到同一个家里的感觉非常美好。视野十分清晰，好像伸手可以触摸远处穿梭来去的风儿。车站前人影稀疏，各处商店里的灯光点缀着黑夜，好像刚过完节一样。

从孩提时代起，每次发生什么重大事情，比如全家人一起种植的树木被台风连根拔起，或近亲去世，这样的时候，我们俩就会有心有灵犀之感。这天晚上，我们无意中共同拥有与那种感觉相似的某种感应。

"今天，你没有感觉到黑夜特别迷人吗？灯火的感觉，这些是不是都和平时不一样？"

哲生忽然说道。我也有着这样的感觉。天空一片漆黑，户外的空气简直像被擦过的镜子那样映照着街道。

"嗯，我也有这种感觉。"当时我的确是这样说的，"肯定是空气清澄的缘故吧，今天晚上。"

哲生离开房间、房门"啪"地关上的一瞬间，不安的情绪就像化学反应一样切切实实地涌上我心头。我真想从阳台站起身，追上去到他房里听他说话。

但是，最终我没有那么做。

我依然坐着，抬头仰望着夜空。

而且，翌日的雨夜，我断然离家出走。

☆

阿姨很喜欢看《13号星期五》系列，那天晚上也从附近的录像带出租店里借了几盘《13号星期五》的电影回来，躺在地板上兴味盎然地观看着。

我问她怎么会喜欢这样的电影，阿姨想了想，说："从头到尾都是同一个人出场，就不感到寂寞了。"我进行了推理。也许是因为影片中的贾森？还是因为阿姨感到寂寞？

我们吃了一大堆布丁，感到心满意足。阿姨什么菜都不会做，却经常做布丁吃。做在很大的大碗里，吃的时候用小瓷羹匙。夜晚房间里灯光明亮，布丁的香味弥漫在每个角落。那天夜里晚饭是我做的，但装布丁的碗比主菜盘子大了许多。

阿姨穿着浴袍，头发没吹干就躺在地板上。看到恐怖的场景她就冷不防地探起身子靠近电视机，等高潮过后又躺倒在地板上。还不时用浴巾揉着湿头发，要不就是哈欠连天或打个喷嚏。我在沙发上坐着看电视，画面里临终的惨烈叫声和阿姨的这些动作形成鲜明对照，令人感到更加有趣。

我在阿姨家已经住了一段日子。时间完全静止了，除了去学校之外，我几乎都在那房子里度过。在每天朝夕相处的日子里，仔细观察阿姨的言行举止，我开始真正地注意到，阿姨拨开刘海露出前额时那眉毛的感觉、目光严厉的侧脸，还有脸低俯时的模样，都和我那天看见过的幻影中的少女非常相似。

"不行，自欺欺人解决不了问题。我就是明明知道这些，才来这里住的。来了却不知道怎么做才好了。就是这么回事。"我花了一段时间才让自己承认这一点。

因为阿姨太不在意了，所以我也就顺其自然。我不知道究竟因为什么样的事情，或是究竟发生过什么，才使我们分开居住的。我希望那些在不经意中轻轻叩响我记忆的片断能够保留尽可能长的时间。

我一边和阿姨一起看着电影，一边在沙发上打起了瞌睡。来这里以后，我常常这副样子一觉睡到天明。在这个房间里，看来真的哪里都可以睡，睡着了，阿姨会轻轻地替我盖上被子。

虽然睡意蒙眬，我还是感觉到了电话铃在响。在我朦胧而迟钝的意识里，电话铃声就像挂在远处窗口鸣响的风铃一样。我缓缓地苏醒，微微睁开眼睛，看见阿姨纤细的手拿起听筒，"喂"了一声。

"……啊，呃，是的。嗯，一直都在啊，很好的。没关系。嗯……"

察觉打电话来的人是母亲的一瞬间，我马上又装作熟睡的样子。我感觉到阿姨朝我瞥了一眼。电话还在继续。

　　"……不是的，我没有那样的打算。你别误会，不是那么回事啊！……就算有一段这样的时光也无妨吧。她自己如果想回去，我马上就会让她回家的。她已经不是孩子了，不会有什么问题的。你不用像个傻瓜似的瞎操心。我怎么可能有那种打算呢？你明明知道的……"

　　阿姨的话语断断续续地轻轻传入我的耳中，非常虚幻。夜里的电话总是显得有些寂寥。事实真相总是让人感到哀伤。在梦幻和现实的缝隙间，我以孩子般天真的心态恍恍惚惚地听着。

　　养育我长大的父亲和母亲，哲生手臂的形状，还有那曾经瞬间闪现在我记忆里的真正的父母。那优雅的背影，温软的手。名字已经不可能想起来。一切都已经非常遥远——阿姨和母亲毫无结果地交谈了一会儿以后，"嘀铃"一声挂断了电话。接着阿姨轻轻地叹了一口气，独自又回到电影的世界里。我睡着了，阿姨想要守着我。我为此感到莫名的欢喜。阿姨很怕麻烦缠身，为了不卷入什么麻烦事，她甚至可以逃到天涯海角，但她并没有因为是母亲打来的电话而把唯一的妹妹摇醒。

"弥生，喝些酒吧。"

阿姨说着催我起床。我一惊，睁开眼睛，时钟显示是深夜两点。我为自己居然瞌睡了近两个小时而感到吃惊。

"嗯？什么？喝酒？"我用睡得迷迷糊糊的声音说道。

阿姨用不悦的眼神看着我说："电影结束了。我还一点儿也不想睡，明天我休息，弥生，喝点吧。"

"好的，好的。"

我还不知道是怎么回事，便起床去厨房拿冰

块。阿姨默默地从地板下面抽出威士忌和矿泉水。就连酒瓶放在地板上时发出的"咯咚咯咚"的声音，都令人快活。和这个年龄比我大这么多的人在一起，我什么也不怕了，无论夜里的黑暗，还是如同飘浮在空中的自己。说起来也真奇怪，在那个充满温馨的家里，我总是感到不安，但是这里的不稳定生活却令我觉得很充实。从很久以前起就一直这样生活着的错觉充盈着我的胸膛。这难道就是所谓的"血缘"吗？

窗户敞开着，白色花边的窗帘在窗框上摇曳，院子里的树叶不时飘进来。远处的汽车声和警笛声乘着风儿隐隐约约地飘过来。父亲、母亲、哲生，今天晚上也是很愉快地在共进晚餐吗？如果我没有察觉到，阿姨也许一生都不会和我这样两个人住在一起吧？

在月光下，我这么想着。

这时，电话铃响了。

又是母亲打来的？大概阿姨也是这么想的，她装作没有听见的样子，好像电话铃压根就没有响。阿姨堂而皇之地装作没听见，以致我产生了一种错觉，仿佛在漆黑的黎明时分梦见闹钟在响似的。

电话铃亢奋地响了十次、二十次，无止境地搅动屋子里宁静的空气。

我已经丧失了像以前那样猜测打电话来的人是谁的能力，但还隐约感受得到某种信息。我闭上眼睛试着追溯信息的源头。我能感受到电话那头有着某种热情的影子。他怀着热恋那样的情愫紧紧握着话筒。我觉得自己熟识那个热情的面影，我闭着眼睛又仔细追溯着。稍稍有些冷漠、正直、值得信赖……

"吵死了！"

阿姨说着终于拿起听筒。我猜测那个男人一定是阿姨的恋人，便轻手轻脚地想躲到厨房去。不料，阿姨喊住了我："弥生！"

我吃惊地转过身去。阿姨把听筒递给我："是你的。"

我走上前去，诚惶诚恐地接过听筒。

"喂喂。"我试探着。

"喂喂!"

哲生的声音传来，我恍然大悟：他已经察觉到出什么事了。因为浮现在我脑海里的、电话另一端的人，不知为什么，是在听鬼故事的晚上赖着要睡在我身边的年幼的哲生。

"哲生？怎么回事，这么晚了?"

"我一直在等爸爸妈妈睡着……喂，你好吗?"

"嗯。"

"你为什么去阿姨家啊？出什么事了吗?"

"没有……你在复习吗?"

"在复习啊，每天都在复习呢。你不在新房子里住，就很没劲的。"

他一直就是一个天真无邪的孩子，不管喜欢还是讨厌，不管冷还是热，想睡觉，或者东西好不好吃，他都毫无顾忌地说出来。每当我感到忧伤的时候，他也总是竭尽全力地讨好我。

"谢谢你。不过没有什么大事。我马上就要回去的。"

哲生对这类的谎话也非常敏感。

"真的吗？你要振作起来啊！"

这个电话很特别，使我产生一种错觉，无法言传的事全都在语言的背面得到了沟通。哲生的声音越过黑夜传来，我竟然和这样的弟弟一起自自然然地生活了这么久，我感到很不可思议。

哲生是在安慰我，因此我禁不住"嘿嘿"笑起来。

"所以，我很振作啊！"我说道。我常常会无意中拿出当姐姐的高压态度。

可是，哲生并不理会我的居高临下。

"那么，你早点回来啊。"他的声音依然亲昵，说完挂上了电话。

我轻轻放下听筒，默然无语。

阿姨默默地望着我，片刻后才问我："是让你回家吗？"

"嗯……"我点点头。

"是吗。"阿姨这么说道，脸上流露出忧伤的表情。

我想见哲生。我喜欢在这里的生活，感到很快乐，但同时每次凝望着绿树时，每次趁梅雨的间隙走在小巷的气味中、抬头仰望灰色的天空时，我都会想起哲生。思绪总是在同一个地方停留。如果我们不是姐弟俩的话，如果……可是我非常喜欢我的父母，我不愿意让他们伤心，我觉得好像有什么东西太狭窄了，好像弄错了，于是思绪便宣告停止，接着缓缓地融进了这个家温馨的空气里……

"喝点吧。"阿姨说。

我们喝着威士忌，没有下酒菜，就拿剩下的布丁和放在冰箱里的美国樱桃下酒。这样的酒菜组合，实在令人不敢恭维。

我是第一次和阿姨一起喝酒。

正如人们说的那样，先提出喝酒的人一般都贪杯。阿姨果然不停地大口大口喝着。

"你常常一个人这样喝酒吗？"我问阿姨。

"嗯。"

阿姨回答。她朝放着很多冰块的酒杯里不停地斟威士忌。我不厌其烦地望着酒杯投在地板上的影子伴随冰块相互碰撞的丁丁当当声慢慢变满，由此我深切体会到：她的生活，决不可能过得平静。在这里独自生活，决不可能那么趣味盎然。因为我的到来，她的生活被搅乱了。

"那个孩子，是喜欢你吧。"阿姨说道，她微笑着，望着平伸的脚趾甲的形状。

"你说的那个孩子，是指哲生？"我问。

"是啊，你那个没有血缘关系的弟弟。"

阿姨平静地说道。看来没有任何东西值得隐瞒了。在这一瞬间，灯光闪烁的情景和窗外的夜色，和一滴滴落下的珍贵的时间水滴一起，闪现出耀眼的光亮。

趁现在，我想，只有趁现在。

"我们的父亲和母亲，是什么样的人？"

我轻声问。阿姨随口回答，好像在这之前，没有任何事值得隐瞒一样。

"都是很温和的人啊。"她淡淡地说道，侧脸垂下长长的睫毛。"我们全家人住的房子，院子里有个池塘。"

"是吗？我们幸福吗？"

"简直幸福得过头。"阿姨说道，"现在和你一起生活的那些人，也都是很好的人，但那里更有一些阴差阳错的东西，就像一个好景不长的幸福故事……嗯，弥生还很小，所以即使有记忆，兴许也都已经忘了吧。"

阿姨把她的阿姨样子完全抛在一边，换成一副姐姐的模样。那是一副直视着我的表情，目光不像以前那样老是回避着我。她的目光直逼着我，我害怕她那目光的压力。这才是真正的她，我想。她就是这样一个目光能直透别人内心深处的女人。

"我的……奇怪的能力，你还记得吗?"我问。

"嗯，是啊。你在学会说话之前，就是一个奇怪的孩子。你能知道之前发生在某个地方的事情。还有，如果是父母不太喜欢的人打电话来，你就会火烧火燎地哭起来。大家都笑着说，你也许能知道父亲和母亲的心思呢。你真的很有趣啊。不过当时大家都只是想，每户人家要是有你这样的机器就很方便了……"

阿姨微笑着。她给我的感觉是这没什么好大惊小怪的，因此我在那一瞬间便极其自然地忘却了近段时间以来不安的自己。接着，阿姨久久凝视着窗外，一副眺望远处的目光，好像在捯用来编织往事的美丽丝线。月亮在幽远的天空散发着微弱的光亮。我把一切都看得很重，对我来说，当意识到阿姨和这一切都保持着一定距离时，我感到些许震惊。对阿姨来说，这一切都早已经结束。因此，甚至连我自己都仿佛感觉到一切都没什么大不了。

"阿姨也……"我像以前那样称呼她，"有过那种奇怪的能力吗?"

"没有啊!"阿姨这么断然地回答,接着用纤细的手指拈起几颗美国樱桃放在手心。"说是用水果当下酒菜不行?"阿姨吃着那颗大些的樱桃,一边问。

"是啊,应该吃一些含蛋白质的东西。"

"嘿嘿。"阿姨莞尔,"你这种说话的语气,和养育你的母亲非常像啊。你生活在蜜罐子里,要回想起那些事来,也许还是一件悲伤的事呢。你知道吗,那些人,当然还有死去的外公,和我们都没有任何血缘关系啊。只是因为和我们真正的父母感情非常深,才把我们领过来的。再也没有那么善良的人了。那个男孩也是。"

"哲生?"

"对。"阿姨点点头,"这孩子不是很好吗? 他所懂得的比他自认为了解的要多得多。"

"也许是吧。"我回答。现在不是谈论他的时候。"呃,我真的还什么都想不起来呢。爸妈是怎么死的？我怎么一点儿都不记得？"

阿姨稍稍有些为难地蹙起眉头开始往下说："……全家最后一次旅行……"

我屏住气竖起耳朵听着。

"是去青森呀！那时你真的还很小。父亲驾着一辆崭新的汽车，在山道上拐弯时出现失误，和迎面开来的汽车猛烈相撞。我和你坐在汽车的后座，目睹了全过程。父亲和母亲死去的场面，对了……也许你没有看见。我紧紧抱着你，两个人浑身是血地从汽车里爬出来。所有的一切都撞坏了。我头痛得厉害。红叶红得非常深啊，血溅到眼睛里，看出去全是红色的。我也很快就昏死过去了。你看，这个伤……"

阿姨让我看她额头发际处的伤疤。

"父亲和母亲当场死亡。对方司机却毫发无伤。这算是值得庆幸呀！父亲和母亲也都是很谦和的人，如果连累别人，他们都不会安心的。他们待人谦和，超乎想象。你受了很大惊吓，在医院里住了很长时间。你忘记的，就是那样的事啊。"

每次从阿姨嘴里出现"父亲"、"母亲"这两个词语时，我心里就感到一阵揪紧。

"……呃，我们是一起被收养的吗?"我问，"现在的父母为什么会让阿姨一个人生活? 我不懂啊!"

是啊，我的父母那么善良，不可能不提出让她一起生活的。

"是我自己软缠硬磨的。其实我有好几次都被你母亲说服了。这是理所当然的，那时我还是一个高中生啊。也是我自己提出来，希望把你当做外甥女的。于是，外公把这房子让给了我。"

"为什么?"

"我想一个人过啊。我觉得很烦，一切都很烦。你还很小，很容易被重新塑造。我呢，父母的生活很怪异，我的身上已经渗透了父母的那种影响。连我自己都不相信还能适应其他的生活方式。虽然现在我已经不这么想了。"

我想，她是一个在时间已经静止的古城堡里怀着没落皇族之梦沉眠不醒的公主。在这世界上，只有她一个人知道往昔的荣华，她的心灵始终在追溯那些往事。这是多么孤傲的人生啊。那种像病魔一样附在她身上的倔强的东西，究竟是什么呢？我是被她"抛弃"的，我努力不让自己这么想。我相信不是那样的。但是我知道，在这对姐妹之间产生的距离已经决不可能填得平了。也因为如此，在今天夜里，在这里，一切只是一场超越了时间和空间的梦。

　　"对不起，我一直以来都忘记了。你恨我吗？你寂寞吗？"我说。

　　这时阿姨直愣愣地注视着我，脸上缓缓堆出平时那种淡淡的笑容。这是一种非常完美的笑容，仿佛包容了世上所有的一切，宛如满蓄着冰凉而又清澈的湖水的湖泊。

　　我觉得我已经得到了原谅。

　　"什么时候你要是能够逐渐回想起父母的事就

好了……我们的家庭虽然有些怪异，却是很幸福的呀！就像梦境里一样幸福。"阿姨说道。

"爸爸是一名学者，是一个奇人，所以家里根本没有任何规矩之类的东西。兴致一来，全家一起盛装打扮出去吃饭。如果接连几天下雨，母亲没能出门购物，大家就共吃一个面包。下暴雨或大雪的夜里，我们全家四口人挤在窗边睡觉，躺着仰望天空……旅行，我们哪里都去。我们总是心血来潮就出发，常常在野外露宿。甚至有时在深山老林里露宿一个月。我们觉得你的超能力很有趣，常常和你玩猜扑克牌的游戏。我们一称赞你，你就高兴得手舞足蹈，那时你还小着呢。嗯，也许和姆明谷①里的生活很相像。我们每天都过得像白夜一样。我们尽情地享受生活，每个人的内心都非常宁静，丝毫不用担心明天会发生什么……我至今仍然不能忘

---

① 姆明是芬兰儿童文学女作家图韦·杨松（1914—2001）创作的童话名，也是童话中的主人公名。童话描写住在水中的小怪兽全家的美好心灵和生活状况。

记。就好像符咒或祝福那样，一直都无法从身上取走。"

阿姨缓缓地诉说着，那个家庭往日的情景映现在她那双眼眸的深处。我试着遥想从前，结果什么也想不起来，然而我却感到胸口作痛。

也许我是在羡慕能够永远沉浸在遐想里的阿姨。

我带着醉意上床，睡眠浅得奇怪，什么梦也没有做。不过，我从"一无所知"的不安中得到解脱，睡在了一片淡淡的光晕里。好像在温煦的阳光里，眺望远处云层里时隐时现的太阳，心情万分舒畅——我发现自己已经很久没有体验到这样的感觉了。我一直睡得不是很熟，而且在睡梦中听到了钢琴声。琴声太悠扬了，我在梦里流下了热泪。旋律在我的梦中回荡，闪烁着光亮渗入我的胸口，随即消失了。

☆

　　我的确听到了阿姨离开家时关房门的声音。我看着窗外。天已开始发亮，朝霞染红了天边。在神秘的粉红色天空中，回响着阿姨远去的脚步声。我睡在二楼，房间底下恰好是玄关，所以听得非常清晰。我异常清楚地记得阿姨那远去的脚步声。

　　我迷迷糊糊地猜想她要去哪里，不久又沉入了梦乡。

　　接着醒来的时候，已经过了十点。我睡得软软的，实在起不来，就默默地躺着，仰望着窗外。晴朗的天空被散发着微光的云层浅浅地遮挡着，树木的清香借着风儿从远处隐隐渗入窗来。一阵舒适的睡意袭来，我又悠悠然地闭上眼睛，感觉光线淡淡地照在眼睑上。

　　这时，门铃响了。

我悄悄从窗口向门外窥探，心想如果是要求募捐钱款的人或推销员的话，就不去搭理他。透过茂密的绿叶的缝隙，我看见一个人头。那白色衬衫的肩膀和头顶旋儿的形状，都是我十分熟悉的，我大感意外。

　　"哲生!"

　　我从楼上喊他。弟弟那张令人怀念的脸缓缓地抬起来望着我。在与那明朗的目光相碰撞的一瞬间，我感觉我们虽然只是一个星期不见，却仿佛已经分别了很久很久。

　　"你真是会享清福啊，还在睡觉吗?"

　　哲生说着笑了。他在密密匝匝的枝叶底下神采奕奕地朝这边望。我的心迅速集中在他的身上。所有的杂音顿时消失殆尽，就连风儿和阳光也都躲得远远的。

　　"你怎么了? 上来呀!"我一脸灿烂地笑着。

　　"阿姨呢?"

　　"好像出去了。"

"我现在要去学校，顺便过来看看。我没时间了。"

"……是吗？真没劲啊。"

"我放学以后再过来吧。"哲生说。

"当然。"

我粲然一笑。我觉得自己的微笑自然而明快，就像花儿将要盛开一样。哲生好像放下心来，原本那怔怔的目光变得和缓。

"那么，我放学后来。"

弟弟说着，穿过院子里的小径，推开院门出去了。他那挺得笔直的脊梁、破破烂烂的书包，都是来自那个充满阳光的家庭。如今我能感觉到我对他的爱和我对往事的爱，是同一种性质的情感。而且我们两人和以前截然不同。我们是朦朦胧胧爱恋着对方的陌生男女。

回家吧？

我以平静而愉快的心情这样想着。

傍晚如果哲生来的话，就让他提着我的大行

李，一起回到父母那里去，先装作若无其事的模样过一段平稳的生活吧。然后，再偶尔到这里来玩玩。

　　心里拿定了主意，突然觉得肚子很饿。于是我下楼去找东西吃。阿姨一不在家，房子里顿时就一片死寂，像幽暗的坟墓一样。家具、小摆设、散乱的杂志，全都乖乖地待在固定的位置上，像是屏住了呼吸。厨房的水槽里，昨晚的酒杯和碗碟静悄悄地泡在水里。我将它们洗了一遍。在这静谧中就连水声都显得特别响亮。手接触到冰凉的水，感觉非常舒服。炽白的阳光从窗户涌入，照亮了地板一角。我坐在洒满阳光的窗边嚼面包，喝橙汁，吃着剩下的美国樱桃，简直如同在盛夏的海滨野餐。脚底能感觉到地板的冰凉和粗糙。窗外的世界被光与影清晰地分割开来，初夏的枝叶织就的斑驳而透亮的花纹在不停摇曳着。过了中午，阳光变得更加强烈。我就这样全身心地接受着夏天临近此地的气息。

当我意识到不妙时，已经是下午了。

阿姨久久没有回来。我这时才意识到对阿姨的私生活一无所知。她现在有没有恋人？有没有能够一起长住的朋友？她喜欢去哪条街上购物？这些我根本猜都猜不出。阿姨的生活里，也丝毫没有可供推导的"蛛丝马迹"。

不管怎么说，房子里的气氛是完全变了。在这个平时能感觉到时间的浓度非常之大的房子里，现在完全是一片虚空。环顾布满灰尘的屋子，我甚至觉得这一切恍若一场梦。

我试着打开了阿姨那间房的房门。

这房间无论什么时候看，始终都脏得可以。什么东西都随手乱扔，抽屉也开着，满屋子扔着衣服，就好像小偷闯进来过一样。桌子上撒满小件物品，简直就像将手提包里的东西一股脑儿倒了个底朝天一样。窗棂上积满尘垢，墙上的镜子像是刚刚出土的文物似的模糊不清。从这样的房间里穿戴那么整洁地出门去上班，这是一种欺诈啊！我这么想着，走出了房间。随手把房门关上时，尽管没有什么明显的迹象，然而我却忽然感觉到，阿姨也许暂时不打算回来了。

☆

"不打招呼就突然出门了，这可不太好啊。"当过护士的母亲常常这样说。

"一直跟随在病人身边护理的人，因为有事离开一下，就没能赶上见亲人最后一面，这样的场面，我不知见过多少次。"

母亲说，所谓的"偶然"就是指那样的事。我这个人兴致一上来，不打任何招呼就出去玩了。母亲大概在我的身上看见了阿姨的影子，大概看见了岁月所决不可能抹去的血缘的特征。

"弥生，如果有一天，不知道你去了哪里，爸爸或妈妈又遇上了什么事故住进了医院，或者死了……弥生!"

尽管如此，我还是很喜欢母亲这样的想法和紧绷着脸说这些话时的认真劲儿。

"只消一个电话。然而你却永远要为那一个电话的沉重而感到痛苦，痛苦一辈子。"

不过，我不会。当时我就在心里暗暗想，我决不会因为那样的事而抱恨终生，我就是这样一个女儿。我知道我决不是因为晚上没有回家、第二天早晨回家时挨骂才变成这样的。我的想法来自更冷静的、内心最深处的地方。

我知道我的想法会让母亲感到哀伤，记得当时并没有说出来。

☆

到了傍晚，阿姨果然没有回来。

我束手无策，连灯也没有开，只是怔怔地坐在黑暗的桌边。窗外呈现一片青色，树影宛如层层叠叠的黑色剪纸。我饶有兴趣地望着那些沙沙作响的摇曳着的剪影，同时神思恍惚地想着长期在这里独自生活的阿姨。

我觉得那不是多么难熬的生活。

但是，难道我在阿姨心底搅起了惊涛骇浪？

我忍受不了那样的不安，屡次起身走进阿姨的房间，在她的脏桌子上翻找，但每次都没有发现什么留言或表示她去向的任何线索，最终失望地回到厨房里。这时，门铃响了。

"我进来啦！"

哲生说着走进屋来。他看见我在黑暗的厨房里坐着，颇感诧异。

"怎么回事？感觉就像杀了人似的？"

"哪里！"我说，"阿姨没有回来，不知去哪里了。"

一个人迷迷糊糊思考时还没有感受到的情感，和哲生一交谈便顿时涌上心头。我是感到不安，因而焦虑。

"先把灯打开吧。"

哲生伸出手摸索着找到开关拧亮了电灯，窗外顿时沉没在深沉的黑暗里。夜晚重又降临了，我这么想着，头脑里的思绪怎么也集中不起来。

穿着制服的哲生把书包放在桌子上，一屁股在我的对面坐下。也许只是我一个人感到他的举止总是显得正确而恰当。我一直很羡慕他那没有迷惘的眼神。和哲生相比，我就好像是一个永远坐在某个地方、迷惘地呆呆地注视着物换星移的人。

"是遇上什么事，才销声匿迹的?"哲生问。

"嗯，我觉得多半是的。"

"就是说，像举行葬礼时那样，是去了什么地方吧。"哲生说道，"你猜不出来吗?"

"不知道啊! 她一句话也不说就走了。也许马上就会回来的，但我总觉得她好像去了一个很远的地方。"

"……是'觉得'? 你的感觉很准，所以看来准是那样了。嗯，阿姨大概想让你去找她。"

"为什么?"我很惊讶。

"因为她知道你会在这里等着她。对吗?这样的人一旦要任性起来，就会走极端，一定是的。相反，她如果希望你在家里等她，就不会不回家了，不是吗?"

"哦，是吗?我一点也没有想到，也许是吧。"

哲生眼中的阿姨比我眼中的阿姨显得稍稍柔弱些，也更真实。我默默地站起身，准备去沏红茶。看见如此懒散的阿姨却对茶叶特别用心，把它们细分之后装入瓶子，还贴上了标签，我不禁黯然。她的这个做法一定和我以前居住的那个家是一样的。标签上写有阿姨秀美的字迹。我将杯子加热，在茶壶中放入适量茶叶，格外细心地将茶水斟入杯子里。

既然到了现在这个地步，还是把所有的事情都向哲生倾吐一番，让他也参与进来吧?这样的冲动在我的脑海里不停地旋转着，怎么也不能抑制。为了克制内心的冲动，我故意慢吞吞地小心翼翼地沏茶。

如果真的那么做了，我会后悔终生的。

我只是默默地将茶递给哲生。

"放过糖吗？"哲生问。

"我不知道糖放在哪里。"我回答。

"生活很清苦啊。"哲生呷着茶说道，然后打量起房子来，"这个房子，我觉得好像已经很长时间没人住了。"

哲生这句话，忽然让我陷入了一种悲伤的错觉中：也许阿姨原本就没有住在这里，车祸发生时，大家全死了，只有我一个人来到这里，另外三个人不知从什么地方注视着我。

那天夜里，看到我抱着硕大的行李感到可怜而接纳我的是姐姐的幽灵，是温馨家庭的幽灵们。

"我想她会在那里。你想想。"哲生说。

我沉溺在自己无关痛痒的妄想里，感到眼前一片漆黑的时候，他却在认真进行思考。

"是我们亲戚那边的别墅。就是有西武百货的地方呀。"哲生说道。

"你说什么?"

"你看。像超市那样在山里突然冒出来的单层的西武……在什么地方?"

"哦,你是说轻井泽①?"

"对了对了,我听什么人说起过,说雪野阿姨最喜欢那个地方,她常常去那里。如果是那里,那地方很近,想去马上就能去啊。"

"也许真是那样。"

我顿时心生希望。我有一种直觉,阿姨肯定在那里。那是一幢坐落在深山里的别墅,我在孩提时也去过几次。去看看吧!我在心里拿定了主意。可是,再怎么说是童年的记忆,那洒在林子里的夕阳、穿过高原的风儿,哲生难道都没有印象了吗?

---

① 轻井泽町,位于日本长野县东部,国际性高原避暑区,有多处别墅。

他首先想到的是单层的西武？真是个奇怪的孩子！我这么边想边望着他，冷不防他直愣愣地回望着我问道：

"你要去？"

"嗯，想去那里看看。再晚两三天回家，你好好地瞒着父母。阿姨不见了这件事决不能提起。"我说道。不料哲生马上就说："我也去。"

他说得十分平静，因此我一时无言以对。

"不行啊！"我说道。

"有什么不行啊！"哲生断然答道。他怔怔地直视我。他眼眸中带着爱恋的色彩，我感到很困惑。

"对父母该怎么说？还有旅行的准备呢？换洗的内裤和牙刷之类都带了吗？"

"这个……"哲生叹了一口气，"你这个人很懒惰，我和你不一样。这种事，我已经习惯了呀！这些东西，那里的超市里要多少有多少，而且要找借口随便就可以找一个。没有人会把我和你，还有阿姨三个人联系在一起的呀！"

我缄默无语。我想了想。好吧，只要心情愉快、精神振奋地去做，就没有什么好怕的。

"那么，你陪我一起去吧，哲生。"

"好，现在马上就走。越快越好。因为阿姨那样的人虽然不像是会自杀的样子，但还是挺让人担心的。"

尽管没有可能，但这话还是让我吓了一跳。

"那么，走吧。我们一起走。"我说道，哲生默默地点点头。

☆

已经好久没乘坐夜行列车了。

哲生坐在我对面的座椅上，垂下长长的睫毛，倚靠在车窗边沉沉睡去。他穿着校服，把书包和超市的袋子放在行李架上，简直像离家出走疲惫不堪的少年。

仔细想想，我觉得我们仿佛纯粹只是一对始终处于临界点上的男女，利用"姐弟"关系作为相互眷恋的手段和借口。父母不在家时，我们两人吃完晚饭还不愿意离开餐桌，没完没了地吃餐后点心或喝茶。我们非常珍惜这段两人可以堂而皇之独处的时间。

　　而且我觉得，那样的时候，我们两人都是心照不宣的。

　　像这样两人单独相处，那种感觉就更加强烈。

　　车窗外一片漆黑，闪烁着灯光的夜景飞快地向后逝去。每次停车开门时，我都能感觉到车厢里涌进来黑夜冷峭的气息和气味。夜色渐深渐浓，我心里有些发虚，抬头望着幽远的月亮，觉得自己仿佛已经来到一个非常遥远的地方。

　　尽管如此，我的心已经变得宁静。无论风儿怎样"嘎嗒嘎嗒"摇撼车窗，无论窗外的景色多么迅疾地移开，无论无声的夜色多么悄然地笼罩着静寂的车厢，我的头脑里都再也不会充斥着"有的事情

我想不起来"这种强烈的念头。我的心里充满着
"终于找回了自我"这种踏实的感觉和满足。而且
某一天，这个夜晚也将在某个地方化作遥远的梦的
一部分。我一面惊讶于事情之不可思议，一面望着
眼前的哲生。

啊，他的睡相多可爱啊。这孩子的眼睫毛多
长啊。

他睡着的脸宛若一尊神像。

轻井泽很快就到了。哲生大概很累吧，路上他
只打开过一次引以为豪的试题集，马上又迷迷糊糊
地睡着了，一直沉沉地睡着，直到我喊醒他说"下
一站就是中轻井泽了"。从他惊醒那一瞬间流露出
的"这是哪儿"的表情，到终于醒悟"啊，对对，
应该到了"，所有的神情都体现在他脸上，非常
滑稽。

我们在黑夜里下了车。站台上很黑，夜风猛烈

地刮着，让人莫名地感到不舒服，好像在责备我们贸然来到这个地方。繁星闪烁，星星多得让人咋舌，银河笼罩着朦朦胧胧的光晕，翻过山峦横跨天空。

我们乘出租车急急地在径直通往鬼押出①方向的山路上赶路。司机直勾勾地盯视着我们这两个深夜抵达的年轻人。不久汽车驶过在黑夜里静默的"平房西武"，我们下了车。

夜里的别墅群简直像坟墓一样幽暗，分散开来一幢幢排列成一定的形状，悄悄地矗立在森林里。那些即使在白天都难以辨认的小型别墅到了夜晚就更加无一例外地融入了晦暝里。好像每一幢别墅我们都很熟悉，我们像汉塞尔与格蕾特尔②那样，在散发着潮气的、漆黑一团的树林里不停地绕着

---

① 鬼押出熔岩流，安山岩质熔岩流，位于日本群马县嬬恋村浅间山北坡。
② 格林童话《汉塞尔和格蕾特尔》中去采草莓时被妖婆捉住、后合力打败妖婆的两兄妹。

圈子。

黑夜越来越深了，眼前是一扇扇黑灯瞎火的窗户。果然太莽撞了，我们俩都这么想。害怕一旦说出口就会变成事实，因此我们掩饰着不安的情绪，拼命地想着那幢别墅有没有什么特征。

"门口是什么样子的?"

"很普通啊!"

"房门呢? 挂门牌吗?"

"嗯……对了，信箱很特别。"哲生说，"好像院子前竖着一个很好看的绿信箱。"

"呀!"

刚才模模糊糊记起的片断中，出现了那幢别墅里厨房水槽的形状、从二楼古雅的起居室能眺望到的窗外的景致、沙发的颜色……那个信箱混杂在这些断片里突然冒了出来。

"我想起来了，是杂志里常常会介绍的那种很可爱的信箱! 据说是父亲特地从美国带回来的，是一淋雨马上会生锈的铁信箱。"

"是啊，对，我明白了。你站在这里不要动，等我一会儿。"

哲生这么说着，便"啪啪啪"地跑上了坡道。我在自己的旅行包上坐下，抬头望着似乎要扑上身来的黑暗和树影，看着树影间神秘地射着寒光的月亮和星星，以及消逝的云层那鲜明的白色，感受着森林里那清爽的气息。早在森林浴流行之前，我就很喜欢这样的清香和景致。好像所有的枝叶都在俯视我，即使在如此墨黑的夜里，我也满心欢喜。我已经长得这么大了，树木却仍然像我小时候那样高高耸立着，这让我感到十分欢畅。

不久，哲生奔回来了，一路喊着："找到了！找到了！"

"这孩子很可以依靠。"我忍不住脱口而出。我是由衷地这么想的。

"我平时就一直在锻炼啊。"

哲生笑了。这么说起来，他的确常常一个人去跋山涉水，一连好几天不回家。他是从运动中学会人生的基本知识的，所以任何时候他都能坚韧地面对现实。现在我已经理解阿姨在提起他时说的话："他所懂得的比他自以为了解的要多得多。"想到这些，我更加不可抑止地想马上见到直到昨晚还在一起的阿姨。

我跟着哲生走过去，看见在一堵眼看就要倒塌的围墙里孤零零地竖着一只生锈的铁制信箱。看来这的确是和我们家有关的别墅。房子里黑咕隆咚的。

"她不在吧?"我说。

"反正进去看看吧，你记得钥匙放在哪里吗?"

"嗯。"

我记得。房门边花盆里的植物已经枯萎，我从花盆底下取出备用钥匙，打开了门。

"进去看看吧。"

"嗯。"

我们借着微弱的月光，打开嘎吱作响的房门，擅自走进黑暗里。走廊里的电没有被切断，我摸索着按了开关，屋里一下子明亮起来。

"你在楼下找，我去二楼。"

哲生说着走向通往二楼的楼梯，一路一个个灯开过去。

屋子里的霉味熏得我眼看就要窒息了，我将窗户一扇扇打开，把夜晚的清新空气放进来。清冷的夜气带着大量的新鲜氧气盈满了整个房间。

打开厨房和厨房隔壁起居室的窗户，最后我走向最里面的房间。我的心咚咚地跳着，一边打开了拉门。那里空落落的，什么也没有，只是散发着黑暗和榻榻米的气息。我叹了一口气，走到窗边，把窗户打开。

忽然，我有了感觉。阿姨直到刚才一定还站在这里。那是傍晚时分，阳光几乎已经消失，藏青色的天空将树林的剪影映照成神秘拼图的时候，阿姨灯也不开，独自站在这里眺望着窗外。我能够清晰地感觉到这样的情景。可她已不在这里。我不知道她的去向，可她确实已经不在了。在充斥房间的清澄的夜气中，我对此确信不疑。啊，她到底去哪里了？也许我们根本就不用这样费尽心机地寻找她。但现在这个时候，是我一定要找到她的时候。我强烈地感觉到这是一场非常重要的游戏。

不久，哲生"咚咚咚"走下楼来的脚步声把我从遐想中拉回了现实。我打开灯，看见他正从走廊那边走过来。

"阿姨不在，你看这个。"他说着把一张纸递到我面前。"这张纸在二楼起居室的玻璃桌上。"

我接过纸来看，上面的字潦草得活像涂鸦。

弥生：

你真的来这里了吗？我很高兴。

旅行能加深爱情吧。

雪野

这张纸片的正反两面，无论怎么观察，都无法获得更多的信息。线索中断了。

哲生感到纳闷。

"只写这几个字，还不如不写呢。"

我觉得好笑，就笑了。

"你的想法，也很好。"

"是吗?"哲生也笑了。

心情不觉变得轻松起来。

我感到肚子很饿，但没有汽车根本无法外出去吃东西，再说这个时候附近的商店全都关门了。原以为只要来到这里什么事情都可以解决，现在我们只好相互埋怨对方的鲁莽，一边在厨房里到处乱翻寻找食物。

我们在架子上找到了两盒不同品牌、过了期的方便面，在冰箱里发现一只像是阿姨留下的番茄和一大盒酸奶。虽然填不饱空肚子，但吃过之后好歹也心定了。相互道过"晚安"，我们有些别扭地像在自己家里那样去不同的房间睡觉。也是，我们不可能突然就睡在一起。

黑暗中一个人睡在被窝里，觉得夜晚静得有些可怕。

我梦见了阿姨。梦中，无所不知的阿姨悄悄站在这幢房子的外面，一个人抬头仰望星空。她头仰得太高，垂下的发梢几乎碰到了地面。她的侧脸给人一种稍显冷漠的印象。她用甜美的嗓音哼着歌，静静地望着星星。

一个非常伤感的梦。

☆

翌日，是一个名副其实的轻井泽大晴天。

好不容易来这里一次，我搞了个大扫除。哲生说，就算径直回东京，也要等下午游览以后再回去。我们还试着往阿姨家打了几次电话，但无论电话铃声怎么响，阿姨都没接。她还没有回家。

我用抹布擦走廊地板时，门铃响了。在还没住习惯的房子里，门铃听上去有些虚幻。我开始时惊得抬起头直发愣，好在门铃声在房间里接连又响了两次。

是哲生吧？我这么想着，走过去开门。我见他很渴望去那家"平房西武"看看，就差他去那里买东西，仔细想来，现在正是淡季，也许没有开门营业，他一定是去了更远的地方。那他回来得也太早了点。

"哪位？"我站在门背后问。

"是雪野小姐吗？"

那人问。是年轻男人的声音。他的嗓音听得出有些进退两难，我凭直觉感到这个人一定是在到处寻找阿姨。

于是，我打开了门。

他的年轻出乎我的意料，我大吃一惊。怎么看都和我的年龄差不多，或者比我更年轻。我心里暗想，阿姨这个人想必是朝学生下手了。阿姨的话，她是能做得心安理得的。可眼前这个男人长得也太高大了，个子很高，体魄十分健壮，脑袋又长得很大。我抬头望着他，一句话也说不出来。他看着我，也是一副很怪异的表情，就好像在街上和昔日的女友不期而遇。

对视片刻后，他突然做起了自我介绍："啊，初次见面，我叫立野正彦。对不起，您是雪野小姐的……"

"我是她的外甥女弥生。"我说，"阿姨不在这里。您请进，喝杯茶吧。如果您方便的话，我想向您打听些事。我们……我和弟弟，也是来找阿姨的。"

"是吗?"

知道阿姨不在，他明显地流露出无限失望的神情。他沉默了一会儿，平静地说道："那么，打搅了。"

他丝毫也没有那种难以捉摸的表情或暧昧的神色，甚至彬彬有礼得有些可怕，好像是历史剧里的武士一样。我把他带进厨房隔壁的客厅里。他在小沙发上一坐下，显得更加伟岸了。他啜了一口日本茶，深深叹了一口气。

"昨天中午，她打电话给我，"他说，"我们有三个月没通电话了。因此我问她如今在哪里，她把这里的地址很快地说了一遍，又前言不搭后语地说了一些奇妙的话，就挂了电话。我记下了地址，心想大概是这里吧，吓了一跳，赶紧过来。弥生小姐，您呢？"

"我最近一直住在她家里。她突然什么也没说就不见了，我只好猜测大概在这里，于是就来了……她留下一张纸条给我，人却不见了。现在她在哪里，我一点也猜不出来。打电话到她家里，不知道她是不在家，还是不肯接电话。"

"没有写给我的纸条吗？"

他问，他的眼睛闪出光来。我非常抱歉地回答"没有"，他又忧伤地垂下眼睑。

"您说有三个月没有联络了，"我问，"最近您和阿姨没有见过面？"

"是的。"他拿出一副实话实说的模样，"准确地说，是她不肯见我。说老实话，也许是被她甩了。我们有过太多的事情，我也不太清楚。我真正和雪野小姐交往，是在高三，也就是去年开始的。"

果然！我心里暗暗思忖着，他不就是她的学生吗？这样的事，完全符合阿姨的个性。

"我们说好等我毕业以后再见面也不迟。三个月前我打电话给她，雪野小姐……"这时他才开始有些吞吞吐吐，"她说把我的孩子堕掉了。"

我也吓了一跳。阿姨不是一个嘴快的人，这件事，她只字未提。就连她有恋人，都几乎丝毫没让人察觉。

"我想无论如何也要和她见一面，把话讲清楚，但她不愿意。无论我做什么，不管我在什么地方等她，她都不会正儿八经地来见我。"

他真的显得非常憔悴。我现在开始明白，阿姨是那种一旦作出决定就无论如何一定要做到的人。只要一想到她如果真心决定分手，对对方会摆出多么冷漠的态度来，我就不寒而栗。她肯定是把他当做煤气收款人之类的来看待了。尽管如此，这三个月来他依然缠着她不愿放弃，可见他也是个非常倔强的人。我这么想。

"请等一下，您说等您毕业以后再见面，那么就是说，在毕业之前暂时分手？"我问他。

"是的。去年十二月份，那天夜里雨下得很大，她突然把我喊去，说以后不再见面了。这真是晴天霹雳啊。无论我怎样问她，她也不理我，只是一个劲地说我还是一个学生……现在回想起来，那时她已经怀孕了。她这个人，任何事都自己一个人扛着。"

他说道。我想，他那种独特的率真究竟是什么呢？阿姨深爱着的，一定是他的这种率真吧。

"我回来了！"

哲生说着走进门来，一眼看见正彦，颇感意

外。我把经过简单解释了一下，哲生礼貌地做了自我介绍以后，用只有我能听见的轻声呢喃："出现在她身边的人好像推理小说一样越来越多了，好像发生了杀人案一样。"

我觉得好笑，偷偷地笑了笑，生怕正彦听见。

☆

一来到高原，有样东西无论如何都想吃，那就是妈妈做的水果咖喱。以前坐着父亲驾驶的汽车来这里时，大家先把房子打扫一遍，然后第一天晚上母亲总是制作含有猕猴桃、菠萝等水果的甜咖喱。

今天夜里，就由我来做了。

我和哲生原打算今天当天返回东京的，但是正彦难过地说："她把地址告诉我，她也许会回来的。"我和哲生都觉得这不太可能，可是看见正彦已经精疲力竭，心中不忍，就决定一起住一夜。反正我们也没有行动目标，没什么好急的。就这样，我们以一种奇怪的组合围坐在桌边。

"嗯，这味道太令人怀念了，和妈妈做的一样。"哲生赞不绝口。

"真好吃。"正彦说道。

和陌生人马上就能熟起来是哲生特别擅长的。就是说，他不在乎别人。他一边大口地吃着咖喱，一边随口就提出一些令人难堪的问题。

"正彦先生，您的体魄一看就知道是搞体育的，您的相貌也很端正，您的服装也很有品位，看得出您很有教养。我觉得奇怪的是，如果您正彦先生要找有气质的小姐，要多少有多少，却为什么偏偏看上我们雪野阿姨呢？她的魅力在哪里？"

哲生常常会表现出这种天真无邪的态度。在亲戚们聚会的场合，他也常常会提出可怕的问题，弄得大家都很尴尬。明明可以随便搪塞过去，然而正彦却很认真，一边沉思一边回答道：

"她非常清纯，个性非常刚毅。无论多么痛苦，无论多么迷茫，她决不会改变自己。她的这种笨拙让人非常心痛，却也是极具魅力的。还有，她上课很有趣。"

"您是说上音乐课?"我蹙起眉头。

"是啊。真棒啊。有一次唱歌测验时，大家都和她开玩笑，说声音发不出来。"

不知道为什么，他对我一直使用敬语，弄得我也不自觉地跟着用敬语。

"是吗?"

"当时我真的患了重感冒，嗓子一点都发不出声来。我向老师一提出来，班里那些家伙们就学我的样了。她从钢琴后面猛然站起身，说：'看来这个班级正在流行感冒呢。'大家以为可以不用测验了，霎时间哄堂大笑。不料她说：'现在不能唱歌的都站到这里来。'她让假装不能发声的人站成一排。当然我也在里面。大家都很喜欢老师，所以很乐意这样做。她让大家把嘴巴张开，我们大概有十个人左右，大家都傻乎乎地把嘴巴张开。她依次窥探我们的口腔，最后在黑板前莞尔一笑，说：'只有这孩子是真的，其他同学都要唱。'接着她摸摸我的头。我有生以来第一次那样慌张。接着她把黑色手提包'啪'地打开，给了我一颗浅田糖。太棒了！全班同学都鼓起掌来。她就是很特别。那是我读高三的时候，从那天起，我不知不觉就喜欢上她了。"

恋爱中的男人都会觉得对方很特别，不过这个人说的话，我非常理解。

"难怪。"哲生说，"阿姨这个人，课上得一定很有个性。外表看上去就很了不得。"

"本来就很了不得呀！"正彦不由沾沾自喜地笑了。"她是老师，可是一下雨她就请假。说是上课，她却心安理得地迟到十分钟，要不就提早回家，不知为什么，每天都过得很紧张啊。有一次吧，课上到一半，钢琴声戛然而止，整个教室哄闹起来。跑过去一看，她睡着了。"

"太了不得了！"我说。

"考试之前，她一定会把试题都抄在黑板上，还叮嘱我们要保密，托她的福，我们整个班级几乎都是满分。技巧测验时，她让同学唱歌，自己望着窗外。刚以为她没有注意，不料她突然满脸的认真，或者开玩笑似的给我一颗糖。因为十分有趣，所以她总是很受欢迎。那以后，只有在上音乐课的时候，才是我最快乐的。我一直爱恋着她啊。而且那不是我单恋。我一直感觉得到。在走廊里擦身而过的时候，上课打瞌睡突然睁开眼睛同钢琴前的她目光交织的时候，我都有那样的感觉……嗯，以前我从来没有这么快乐过。和她恋爱是最棒的。"

他眯着眼睛说着，仿佛在谈论一件珍宝，仿佛在眺望远方一件美丽的物品。也许是在漫长的旅途尽头好不容易遇见了能够理解他的人，才使他这样喋喋不休吧。

"嗯，一旦成为她的俘虏，你就无法自拔了，我非常理解。"哲生说道。

我默然无语，脑海里浮现出阿姨缓缓舒展着笑容时脸上那淡淡的光辉。黑夜弥漫开来，使我今夜还将梦见不在此地的人。我们仿佛从遥远的过去开始，就在这里围坐在桌子边谈论着有关阿姨的回忆。在如此幽静的梦境底部，大家聚集在异常明亮而安谧的屋子里，敞开心扉，坦诚相见。这样的夜晚很难得。心灵的交融，风儿的细语，星星眨眼的次数，冲涌而来的苦涩的分量，肉体的疲惫……所有的一切都奇迹般地达到了平衡。

"我，是外室所生的儿子。"

正彦说道。太意外了，我和哲生惊讶地闭上了嘴，定定地望着他。正彦察觉到我们的疑惑，苦笑着继续说下去。他讲话时毫不忌讳，感觉实在很好。

"母亲去世以后，我被领到父亲身边，过着极其平淡的生活，不管怎么说，这都是小时候的事情，现在没有留下任何后遗症。我就是一个无忧无虑的少爷。没错，我自己都这么说自己。长大以后，理所当然地，怎么说呢，我就喜欢和性格开朗的人交往。您明白吗?"

他望着哲生,哲生笑了。

"当然明白,看见您就知道您是那样的。"

"现在我得出结论,令雪野小姐感到不安的,追根溯源,会不会就是这个。以前我不理解,以为是被她甩了。的确,我内心深处有一个角落,总是觉得女孩子就应该开朗、率真,有很多与年龄相称的优点,爱掉眼泪,懂规矩。其实人人都是那样长大的,又在很好地表现着自己。但重要的是已经被我们遗忘的那一部分,这部分没法和任何人分享。"

听他这么说,我猛一怔。仿佛觉得某种像是真相的东西掠过我的耳膜。

"有几年,连自己都已经忘却的时光沉睡在我的体内。在我很小的时候,有一段时期其实是相当硬气而悲惨的,我绞尽脑汁想要保护母亲。我不会去恨什么人,也不会钻牛角尖。那一段和母亲两人生活的时光成为永远无法与别人分享的某种东西,永远留在我的内心深处。嗯，我觉得那种东西是有的。我为什么这么说，是因为在遇到雪野小姐之前，我把这忘得一干二净。那些令人怀恋的事物、心痛的事、咬牙切齿一筹莫展之类的事，她就代表着所有这些情感。只要看见她撑着雨伞穿过雨中的校园走来，我就好像要回想起什么，就会抑制不住发疯的冲动。"

"所谓的恋爱，一般都是那样的吧。"

哲生说道。我清楚地感觉到正彦对哲生的话有些不悦。我一惊，想要说些什么，但哲生毫不畏缩，一脸认真地继续毫无顾忌地说："开始我还以为那是发生在不检点的高中老师和喜欢大龄女人的青年之间的故事，这样的故事司空见惯。听了您说的话以后，我仿佛觉得对雪野阿姨有那么一点点理解了。"

正彦露出由衷的笑容。

"是吗?"他说。

这是一个非常和睦的场面。

是啊！我现在会到这么远的地方来，并不仅仅因为阿姨是我的姐姐，也不是因为我没法保持沉默，而是因为阿姨拥有的作为一名女性的黑暗魔力。她的头发、甜美的嗓音、弹奏钢琴时纤细的手指背后，隐藏着某种巨大而玄妙的眷恋。这对童年时代失去过什么的人来说，一定是特别能够理解的。那是某种比黑夜更深、比永远更长久的幽远的东西。

她那种面对不寻常的重压丝毫不曾弯折的、柔韧的自我是如此的令人心痛，我们不禁浮想联翩，而且越来越被她所吸引，在这流星频频掠过的树林里相聚，一起用餐。

一切已经不需要解释。

那天夜里很晚的时候，我和哲生两人出去散步。

我们在淡淡的月光下走着，越过漆黑的林间，在房栋间穿行，每栋房子都有着幽灵般的黑洞洞的窗户。每当长满树叶的枝干被强劲的风刮得哗哗摇曳时，深绿色的空气就会在夜空里缓缓荡开巨大的波纹。

"那个家伙真奇怪呀！滔滔不绝地说着那些事，丝毫也没有感到难为情。"

哲生说道。他没有衣服穿，就把我的开襟衫穿在身上，毛衣有些小，他穿着非常可爱。

"是啊，不过他人很好啊。"

他一直被囚禁在某个梦境里，甚至看来已经回不来了。那个梦里包含着的风景有阿姨的身影。人们也许会把这称作"幸福"。旅途中的夜晚，景色越是优美，越是会让人感到一种莫名的忧伤。我仰望着夜空，确认将要消失在黑暗里的自己的所在。我们俩缓缓地走在夏天的星座底下。

"这里的星星真多啊。"哲生说道。

"我们有几年没有来这里了？"

"嗯……有段时间没来这里了！不知道爸妈他们是不是常来。"

"真令人怀念啊。和小时候相比，所有的东西都变小了。"

"上次来的时候，信箱是新的。"

"还放烟花了。"

"嗯，我还记得父亲提着水桶的样子。每次来这里，都要放烟花的。"

小时候，一想到这些如同倾盆大雨似的、又像是从地里渗出来的耀眼的白色颗粒全都是星星，就会无端感到哀伤。头顶上方，几亿颗星星的芒辉填满了枝叶的间隙。

为什么会有这样的感觉？大家都会有这样的感觉吗？孩提时，我这样问父亲。为了燃放烟花，我们上山去林子里寻找开阔些的地方。对了，父亲还提着水桶，另一只手牵着我。黑夜非常深浓，母亲走在离我们不远的前面，她的背影眼看就要消失了。哲生抱着很多烟花，欢喜雀跃，一个人在前面奔跑着。

父亲说："看到太多东西，人就会莫名地伤感起来啊。"

我记得很清楚。就连当时父亲紧紧抓着我时那双手的触感都在我的体内苏醒过来。养育我的父亲的手，那干燥而宽大的手掌。

我们走了一圈，慢慢地准备往回走。眼睛已经适应，林子里的树木如梦似幻散发着朦胧的光晕。只要沿着坡道直接下去，就是我们的别墅。正彦大概还没有睡下，远处可见的窗口孤零零地点着灯。我们只要朝着那个星星一样的白点，踩着小树枝和干硬的泥土走去，马上就到了。这样一想，立即就感觉到林子里的夜气将心脏的细胞一个个融进黑夜一般的阴冷。

"明天你打算怎么办，弥生？"

哲生突然问。我停下脚步，也许还不想回到房子里去。我抬头望着星星。无论看多少回，夜空还是清澈得令人不敢相信的那个夜空。

"你问我打算怎么办，我……"这是我现在不愿考虑的问题。"无论如何也得找到她啊。这样回去总觉得太可惜了。不过，先回去看看吧。去阿姨家里？她回这里的可能性太小了。"

我的回答没有触及任何本质。没有任何事情是可以确定的，我感觉就像在窥探深不可测的水底。

"唉……"哲生叹了口气，靠着树干慢慢往下滑，最后坐了下去，"你直到现在还想和亲姐姐一起生活？"

我目瞪口呆，惊讶得仿佛星空旋转了起来。

"哲生，你知道了？什么时候知道的？"

我问道。哲生回避我的目光，凝视着黑暗。

"……早就知道了呀！不知道的，就你一个人。当然，父亲和母亲都不知道我已经知道了……你打算以后和雪野阿姨一起生活？"

"嗯……"我在哲生的面前蹲下，盯着他瞧，"我觉得我只能回到养育我的家里。我和阿姨都不是那样的浪漫主义者……只是，好不容易回想起已经忘却的事，她是我的姐姐，所有一切陡然改变，我很想好好体会这种滋味。现在如果我手忙脚乱慌成一团，只会给周围的人添麻烦，这我非常清楚。

可我怎么也没法装作若无其事。如果阿姨希望我来找她，我愿意那么做。我觉得，只有这样无聊的事，对现在、对以前的我和阿姨两个人来说，才是最最重要的……你能理解吗？"

"非常理解啊！"

哲生笑了。他直视着我点点头。那是一张美丽得令人瞠目结舌的笑脸，我怔怔地注视着他。这次旅行中，哲生屡次流露出以前从未在我面前流露过的表情。这张笑脸也是如此。这样的表情，他在家里决不可能有，以前也许他只是对特定的女性才表露出来……不，不对。多半是我的眼睛发生了变化。走过这段新的日子，我第一次摘去了滤色镜，在这深夜里，我的心在用以前从未有过的目光审视着哲生。

新的哲生，新产生的情感。我的目光已经无法离开他。我想永远从这样的视角像聆听一样地望着他。

"你总是好像惊魂未定似的。"哲生说，"应该什么都不知道的，但无论在家里还是走在街上，你总是一副很不安的神情，好像总是心神不定。我上初中的时候就怀疑，说雪野阿姨是我阿姨，其实是骗人的，她和你是姐妹。我独自去查看了户籍，才知道你们两人都是我们家的养女。”

“……是吗。”

月光下，隐隐看得见脚边的泥土和树叶。这里是循迹追溯而来的尽头之一。

“我是从一些微不足道的小事情上注意到的。”

我觉得仿佛在说一些叫人感觉异常寂寞的往事。从自己嘴里说出的每一件事就好像冥河的河滩上堆积起来的石头①那样，洁白而冰冷。我觉得，无论生或死，无论家庭还是家族，都从在所有层面上存在着血脉相连的东西的地方义无反顾地赶到遥远的这里来了。无论爱情，还是弟弟。

_____

① 据日本民间传说，儿童死后灵魂会前往受难的冥土，孩子的亡灵为了供养父母而在这里堆石造塔，但不断被鬼魂所破坏。

"不过，我心里还是很高兴的呀！……好像人生突然翻了倍，不是吗？说什么还是什么都不知道的好，根本就不对。我发自内心这么想。"

夜风徐徐地吹来。尽管我诉说的语言在表露我真正的想法，但我自己也感觉得到，我正一点一点地离开某种东西。我蹲在那里，现在袒露我的真实心情的，也许就只有膝盖上随意地缠在一起的手指。

就在那个时候。

哲生突然紧紧抱住我。我的膝盖跪倒在地，但没有感到意外和惊奇，只是近距离地注视着他身上穿的我的那件开襟衫前面的贝壳纽扣，感受着他放在我后背上的大手那种异样的触感。哲生身上散发着那个令人怀恋的"我们家"的气息，散发着养育我长大的那个家的梁柱、地毯、衣物等的气味。这气味岂止是搅乱了我的心绪，它更令我喘不过气来，我的眼泪眼看就要涌出来。因此，我无奈地抬起头，看着他那钻石般的眼眸。他的眼睛流露出哀

伤，我闭上了眼睛，我们接吻了。是永恒的、长长
的吻。

☆

　　做和不做之间有着 180 度之差，这样的情况世
间是有的。那个吻就是这样。

　　接吻以后，我们默默地站起来，拍去身上的泥
土，朝着别墅走去。然后我们微微笑着道了声"晚
安"，分手走进各自的房间。

　　我无法入眠。

　　简直好像被绊倒摔了一跤。又好像一个人独自
目送着黑暗中远去的船只。尽管如此，我的心还是
隐隐地扑通扑通直跳，喘不过气来。黑暗中弥漫着
甜味。一回神，我发现我的心不知不觉在回味着哲
生的嘴唇。我回想着滑进他怀里以及碰到他面颊时
的感觉。

在这个世界上，我对任何地方都没有那样真切的感觉了，为此我愿意抛弃所有的一切。然而眼下我却感到万分孤独，宛如注视着宇宙的黑暗。我们两人无处可去，没有可延续的明天。即使现在，在如此清澈的黑夜底层思考同一件事情，但只要朝阳东升，也许就会像薄雪那样融化殆尽。

我已经没有力气去想希望之类的了。是的，我的心疲惫至极。因为直到再见阿姨的那一瞬为止，其他的一切都不得不变成"中止"而静止着。

我悄悄想着，在同一个黑夜里，哲生多半也在这么想：接吻了，终于接吻了！

☆

阴霾的清晨，我从窗口眺望着静寂的树林，树林里细微的冷空气像雾一样缓缓涌动着。

我终于没能安然入睡。

床单和被套都是新的，我一骨碌钻进干爽的被窝里，高原阴沉的天空在我眼里非常美丽。反正已经睡不着了，我打开拉门走到走廊里。静悄悄的，恍若梦中所见的日式房子那样。我朝厨房走去。一早起来就吃剩下的咖喱，这太让人沮丧了，所以我想做点什么吃的。我神思恍惚。近来每天都太长，又遭遇太多的事，一切都让人头脑拐不过弯来。

我赤着脚站在冰冷的地板上，把冷得刺骨的水灌进水壶点上火。我打开冰箱，看看里面有什么东西。

"您早！"这时，正彦走了进来。时间还早，但他已经穿戴得整整齐齐，一副轻松愉快的表情。

"您早。您出去过了吗？"我问。

"嗯，去散步了。"

他笑着，在客厅里的沙发上坐下。在旁人看来，他们两人生活态度的差异不过仅止于逗人发笑的程度，但对阿姨来说，却是恐怖的，这点我现在非常理解。阿姨害怕的不仅仅是教师的职业道德或两人之间的年龄差距，无疑还厌恶他像外星人一样地健全。她是害怕在自己的小天地里长期维持着的、懒散的生活会发生变化。我觉得自己非常理解阿姨那样的心情。正如"乳臭未干"这个词说的那样，恋爱的风暴过去以后，他也许又会回到原来的生活里去，这种概率极高。无论怎么想，阿姨会把他当做正儿八经的恋人也太离奇了。

我好像觉得无意中窥见了阿姨这个人的弱点，心中稍稍有些不忍。将目光从可怕的东西、厌恶的东西、眼看会伤害自己的东西上移开，这是阿姨的做法。我想起了插伞桶的事。

☆

一次离家出走住阿姨家的时候，我把自己的雨伞随意插进房门边的插伞桶里。两三天后又下雨了，我去上学时将雨伞拿出来。那个插伞桶是一个相当破旧的坛子，里面没有放其他雨伞。我看见雨伞时吓了一跳：整把雨伞都发了霉。我大惊失色地跑进阿姨的房间。阿姨赖在床上睡着，请了假没去学校。我跨过地板上扔了一地的衣服，把阿姨叫醒。

"什么事……"阿姨蓦地坐起身来，一副睡眼惺忪的样子。

"放在门口的那个坛子，你去看过吗？不得了了！里面不知道长了什么！我的雨伞全都发霉了！"

"啊，是那个呀！嗯，我用的是折叠伞，所以不会插到那里去，因为插进去以后就拿不出来了。以前我插过雨伞的，真的。你说你的伞怎么了？"

阿姨的头发披散在脸庞前，睡意蒙胧地呢喃道。

"全都发霉了！太可怕了。"

我叫嚷起来。阿姨嘴角下拉"嗯"了声，注视着窗玻璃上流动着的晶莹雨滴看了好一会儿。

"知道了，就当它没有发生过吧。"许久，她说道。

"你说什么?"

"把那个坛子连同雨伞一起拿到房子背后,随便往地上一放就可以了。再说了,外面在下雨,不出去不就行了吗,反正就今天一天。"阿姨这么说着,又钻进了被窝里。

我死心了,只好照阿姨说的那样,抱着那个沉重的坛子绕到房子背后。我踩着膝盖那么高、被雨打湿的杂草,第一次仔细观察了这间犹如废屋一样的房子的背后。太不堪入目了。何况像阿姨刚才说的"当它没有发生过"的垃圾多得让人毛骨悚然,高高地堆在那里淋雨。什么东西都有。那些大型垃圾,实在无法估计是几时扔在这里的。不知怎么搬来的写字桌,甚至还有旧的布娃娃等。好像不愿意再看见,又好像不愿意再去想似的,几乎不加考虑就盲目地扔掉了。想到阿姨对人一定也是这样,我不禁忧伤起来。我站在雨中,久久伫立在那里,望着那些被阿姨当做"没有发生过"的物品。

☆

　"您在做吃的吗?"

　也许被阿姨当做"没有发生过"的正彦在客厅里大声地问道。我正在洗蔬菜。

　"是的。我在做早饭。"我回答。回答声和洗菜的水流声掺和在一起。

　"我来帮您一下吧。"他站起身走了过来,"否则我成了光吃不干活的人了。"

　"行了。我来做……您会做菜吗?"

　我苦笑。不知为什么,对同龄的男子使用敬语,让人觉得怪怪的。但是,他总有着一种让人不由得肃然起敬的感觉。他原本就是这样的人? 还是因为经历过不堪回首的恋爱而显得老气了很多? 我从一开始就觉得他年龄大我许多。

　"嗯,这正是我擅长的。"他笑了。

"那么，这个就拜托您了。"

我把要放到酱汤里的豌豆角装在透明的笊篱里递给他。他笑着接过去，坐在地板上神情专注地择菜。看样子他做什么事都全神贯注。他像孩子似的盘腿坐在地上，用那双大手摘着豌豆角的筋。我望着他，嘴角很自然地往上翘了起来。

"我母亲已经去世了，她的身体非常虚弱，所以读小学时，晚饭都是我做的。那时候我虽然还是个孩子，但也知道考虑营养均衡，希望母亲的身体能有所好转。做饭，我是老资格了！"

"真的！那么，这也拜托您了。切得均匀些。"

我一边煮着海带木鱼汤，一边取出事先准备好的砧板和菜刀，连同包装袋一起把蒟蒻交给他。他早已经把豌豆角摘完了，乐不可支地提着菜刀。片刻后去看，他已经在切得很细的蒟蒻上再压上刀痕，翻得漂漂亮亮的。太了不起了。

"阿姨从来不做菜吧。"我说。

"是啊。从来不做。她这个人不会做家务吧？

还是只不过不愿意做呢?"他笑着。

"是不会做吧。"

我说道。是啊。她是作为城市里的野孩子长大的。只是独自在一个没有人在厨房里为她做饭、打扫、洗衣服、缝缝补补的寒冷的地方孤独地生活着。近来每次想到这些,我的心口就会针扎般地阵阵刺痛。如果遭遇那起车祸时我的年龄再稍稍大些、懂事些的话,如果我们两人是一起生活过来的话……这样的情感猛烈地冲击我的心头。可是,命运已经把我们分开,我们已经按各自的方式长大成人了。已经决不可能退回到最初。这纯粹只是一种对往昔的追怀之情,比垃圾更没有价值。这对各自的人生太不尊重了,所以我决定努力打消这样的念头。

"她这个人连开罐头都不太会呢。"正彦回想往事,笑着说道,"我在做饭的时候,常常让她帮我一下。她罐头不会开,皮不会削,还要怄气,看着她那副模样,真有趣啊。这好像是一种挺严重的恋母情结，我非常喜欢她这一点。我母亲也是，什么也不干，整天光躺着，却还一副理所当然的样子。"

人真是可悲的东西！我心里想。没有人可以完全逃脱童年时代的咒语的束缚。早晨真正降临了，洒下微弱的阳光。阳光照着手边，我感觉到睡意整个儿朦朦胧胧渗进我的头脑深处。

"呃——"正彦把堆得整整齐齐的蒟蒻递给我，忽然用认真的语调对我说。

"什么事？"我接过蒟蒻，停下手来。

"我提一个不礼貌的问题，弥生小姐知道雪野小姐是……"

我觉得这件事除了我以外，大家都已经知道了，霎时间上来一股恨恨的情绪。我把目光从他身上移回到水槽，头也不回地说道：

"知道啊，她是我的亲姐姐。"

他听出我话音里带刺，一愣，慌忙道歉："对不起。"

等等，我心里想，他知道这件事，不就是听阿姨说的吗？这太令人惊奇了。我堆起笑脸说：

"……没关系。不过，您是怎么知道这件事的？"

"是雪野小姐说的。"正彦明明白白地说道，"她说她有个妹妹，但不能在一起生活。无论我怎么问她那个妹妹住在哪里，她只是一会儿说是住在山的那边，一会儿说是住在这个世界的某处。始终没有正面回答我，一直都没有。不过，她总是絮絮叨叨地提起那个妹妹，而且每次到快要说出更多事情来的时候，总是猛然惊觉，马上又闭上了嘴。这件事一直牵动着我的心，昨天见到您，我一眼就看出来了，心想这个人一定是雪野小姐的妹妹。"

"是吗。"

我百感交集。正彦那乌黑的大眼眸里满是明亮的神情。

"详情我一无所知。那时候，我经常去那边的家里，房子里根本没有她和那个……被称为妹妹的人交流来往的迹象。而且她丝毫也没有透露过家人的事。我只知道她父母已经去世，有一个妹妹，以前住在一个院子里有池塘的家里。我心里一直在担心，不过现在放心了。你们能够追到这样的地方来找她，就说明还是有人好好地爱着她的，对吧？"

"嗯，当然是那样。"我说，"无论到哪里，我都会找去的，而且我会永远等她。"

"我也是呀！"

他笑了。那是一张不见任何卑屈的笑脸。近来和他、和哲生、和阿姨在一起，我觉得自己能够从自幼一直隐隐感觉到的某种不可名状的愧疚中解脱出来了。那是一种随着新事实的出现，新的自己终于可以正常呼吸的极其舒畅的感觉。因此，我心里想，如果他能在正正好好的时候与阿姨重逢，把话都讲清楚，那该有多好啊。不知不觉间流逝的时间也许已经将阿姨那颗本来就已原谅他的心给融化了。如果那样的话，一切问题都会迎刃而解，两人也许会过得很幸福。

　　终有一天，他会整理一下那个可怕的房间，请大型垃圾车把那座垃圾山送走，门窗也会得到修缮。那幢房子会作为新居而焕然一新。阿姨和正彦在那里一起生活，相互体贴，生活得快乐而随意。院子里的树木得到修整，孩子在阳光灿烂的阳台上玩耍。如果我和哲生不是以姐弟关系到她家拜访，如果我和阿姨能够像真正的姐妹那样在她家里说说体己话……这好像太过遥远，有着太多的障碍，感觉就像乐园一样在远处闪光……当然，事物并非越光明越好，但那样的情景听起来实在太理想化、太光辉灿烂了，就像是一个祈祷。一瞬间，我有一种强烈的感觉：那是可能的，那样的日子理应会到来。

　　"再过三十分钟饭好了，我们就可以吃早饭了。"我说着走出厨房。总觉得脑袋有些迷糊，想再钻进被窝里躺一会儿。

　　"好的，我来准备吧。"正彦笑了。

☆

　吃早餐时一打照面，我和哲生都条件反射似的从胸腔深处把姐弟关系的精神状态同时嗖地拽了出来。哲生长年构筑起来的面孔轻易不会透露内心的波动，所以没有丝毫的害羞，也没有丝毫的难堪。他表现得比无论什么样的不伦都自然，自然得无懈可击。我感到庆幸。我也同样装作若无其事的模样，满不在乎，只是内心稍稍有些不悦。

　在回家的列车里，我一上车就窝在座位上，张着嘴只顾睡觉。就连列车沿途靠站，我也没有睁开过眼睛，路上只有一次迷迷糊糊地醒来过。

　那时哲生正和正彦小声说着话。哲生坐在我边上，正彦坐在我对面。我把脑袋倚靠在车窗上半睡半醒，昏昏沉沉地听着他们俩的交谈。

　"如果您比我先和她取得联系，即使她叮嘱您不要告诉我，我也希望您能通知我。我不会给您添麻烦的，拜托您了，您能做到吗？除了你们，我再没有线索了。"

正彦说道。在这件事上，哲生暂时还是局外人，他沉默着。我们的脚轻轻地碰在一起，他的体温把他的犹豫传递给我。哲生决不会接受自己难以承担责任的事。

"好吧，我答应您。"哲生说，"您把住址告诉我。"

正彦在漂亮的黑色记事本上飞快地写着，然后撕下来交给哲生。

"没关系的。雪野阿姨也不是傻瓜，她一定会很快和我们见面的。嗯……我是这么想的。"

哲生笑了，正彦欣喜地望着哲生。

"听您这么一说，我好像觉得事情真的会是那样。"正彦说道。

列车飞驶。窗外始终铺展着颜色深浅分明的田野。我微微睁开眼睛，注视着刚才起就正对着我脸部上空的同一个位置，太阳在那里时隐时现，即将美妙地融入发光的云层里。

☆

我睡眼惺忪地下了车。快近正午的上野车站宛若异国他乡，一切都披着淡淡的阳光，有一种朦朦胧胧的感觉。

尽管正彦没有找到阿姨，他依然用一副灿烂的笑容和我们挥手道别。到了上野车站，我望着他混杂在人流中远去的高大背影，才第一次觉得这个人也许真的很帅。尽管如此，我还是很困。我摇摇晃晃地走着，觉得嘈杂的人声、车站里的广播声都显得幽远而透明。在人群中，我躲在哲生的背后。我想就这样坐上电车，和"弟弟"一起回家。我希望把这沉甸甸的行李往床上一扔，将脏衣服全都塞进浴室的筐里，一边欢笑着说"累死了累死了"，一边坐在餐桌旁看看电视，和父母说说话，把我不在时的距离一下子填平，然后倒头呼呼大睡。睡着时头脑里会听到哲生在走廊里"啪嗒啪嗒"走动的脚步声……这是思乡病。那种妄想充满着令人头晕眼花的压力。

但是，不可能那样的。

"稍稍吃一点吧。"走过巨大的熊猫雕塑边上时，哲生说道。

"好啊。"我说。站台内十分拥挤，让人心情郁闷，使得我越发困倦了。

"去街上吧？"

"嗯。"

穿过检票口，又径直穿过公园。古老的建筑在一片绿色包围之中发出柔弱的光。拂面而过的风儿已经散发着初夏明快的气息。绿色的街树随风摇摆，将淡淡的树影投在柏油马路上。着实空旷的公园里到处集聚着和悦的人。我们默默地走着。

——如果现在分手，下次见面就是在家里。一想到像过去那样在生活中见面，心里就如同有一阵强风刮过，越发不知道如何是好了。恋爱就是一种叫做恋爱的活物，是非同寻常的。它，已经不可遏止了。

"吃点什么?"哲生转过身来。

"黑船亭。"我报了一个常去的西餐厅的名字。

"好吧!"

哲生说完又开始向前走。走下长长的石阶，走到街上。汽车的声音冷不防扑面而来。在别人看来，我们像是短途旅行归来的情侣，我们的身影映照在商店透明的店门上，我盯着它们宛如幽灵一般虚幻地走去。

我注视着哲生走路时轻轻晃动着的肩膀，心里想，这孩子应该回到考试的世界里去。我喜欢从背后看着这孩子走路的模样。他的脚步总是很稳健，让人看了有些伤感。这挺直的脊背、走路时稍稍往外撇的宽大步幅、宽阔的肩膀、有力的手臂——一边走一边望着他的一举手一投足，就会觉得这世界上好像只有哲生和我两个人。如此拥杂的人群、汽车、纷至沓来的街道，甚至就连阿姨，这个时候好像都已经不存在了。只有哲生。

以前经历过的任何恋爱都从来没有像现在这样，把风景抹得无影无踪。

☆

吃东西时，我一直默不作声。哲生把肘支在餐桌台布上，好像也在思考。我用手把法国面包撕成一小块一小块，慢慢地嚼着。希望用餐永远不要结束。

"你回家吗？"哲生冷不防问我。

"嗯？今天还不能回家呀！"

我一怔，回答道。他那种像是追问又像是急着赶路的语气透露出他的稚气。

"不是啊，我是说以后。"哲生说。

"要回去的，我还有哪里可以去?"我说。我感觉到胸口深处开始咚咚乱跳。哲生端坐在椅子上，没有停下吃东西的手。

"我考上大学后就离开家。"

我默然。

"只要去远一些的大学就好。这样，离开家就成必然的了。会有各种麻烦，但时间长了能挺过去的。这样好吗?"

我理解了，哲生正在向我袒露他的感情，他的话里隐含着以前我们所有的经历和从那些经历得到的所有收获。他这样，我就不能随便应付说"你不过是一时意乱情迷"。他知道这一点。他一直以来都是了取了求的，所以熟练地掌握了一种技巧，当他真心要说什么的时候，总是说得让人难以回绝。当他把那种傲慢有生以来第一次用在我身上的时候，我内心里思绪万千，其中一种作出了反应，它比姐姐、比女人这两个身份更深一层。

那也许更接近于"慈悲"这种东西。总有着一种怜悯。

我觉得心里很痛。他在父母那般呵护下长大，却爱上了我这样的人。我握住了哲生放在桌子上的手。哲生有些惊讶地望着我的手。我是情不自禁地握着他的。他的手还是和小时候一样，有力、温暖。

"你不用离家，还是我出去。"

这时，我是真心的。那样也很好啊，我心里想，搬到阿姨家去住，和阿姨一起生活，漆黑的走道、刮一整夜的风、树木的沙沙声，还有阿姨那甜甜的侧脸、钢琴的音色、朦胧的月亮，散发着绿色气息的晨光……这些未来的情景一下子浮现在我脑海里，我打从心底接纳了它们。这就已经是非常美好的未来。于是，我清楚地理解了待在阿姨身边时我产生的那种心情是理所当然的。那多半是在这世间已经不可能存在的另一个我所窥见的一个瞬间的梦境吧，哲生对我说的话就是一种证明。

"不对，你不要回避。"

我吃惊地望着他，他流露出一副哀伤的神情。

"不要把两件事混为一谈。我离开家和你搬出去，原因不一样。"他说。

"我知道。"

我说道。他在颤抖，我能清晰地感觉到。哲生咕嘟咕嘟地喝着杯里的水，然后说道："这次你离家，我坐立不安，当然父母亲也是那样。可我魂不附体，眼看就要发疯了。"

近来我见了不少人，包括我自己，迸发出意志更为坚定的真实情感，而并非单纯的率真。即使是稍纵即逝的闪光，即使是躲闪着的情感，但瞬间包含着所有情感的信任的目光所要倾诉的内容撼动着我的心。哲生定定地注视着我，说：

"我以前做的事情，追本求源，全都是为了消除因你而产生的烦恼的手段。嘿，做着做着就觉得很有趣，我常常会忘记本来的原因。从一开始，你就不是我姐姐，只是和在房子里到处都留有身影的理想中的姐姐很接近。我一直都是这样，从来没有用除此以外的目光看过你。因为我很早就知道了。如果你一生都没有察觉，我多半会一直做你的弟弟吧。因为这种事司空见惯啊。不过，你不知为什么还是回忆起来了。母亲的神色不对后没几天你就走了，我知道这次出事了。"

"你说'这次'？"

"以前我曾经打过一次电话。"哲生笑着，"你不是常常不在家吗？两三年前吧，你有三天没回来的时候，就是住在雪野阿姨那里。"

我受了感染，也笑起来。想想就想笑。

"我心里咚咚跳个不停，一直摆脱不了这样的念头：怎么办？怎么办？终于漏风了，也许你不会再回来了。我不知所措，忧心如焚。打电话问雪野阿姨：'弥生在吗？'我的心脏眼看就要爆炸了。我感到接着会发生什么大事。阿姨问我'有什么事'，她是感到奇怪吧，我很害羞。我知道我说漏嘴了，不知道说什么好，她却哧哧笑着说：'那我挂了。'

她挂电话时，我发现已经全都败露了。雪野阿姨这个人具有洞察一切的能力啊……等到实际发生的时候，也许是已经有了心理准备的缘故吧，觉得这样的事根本没什么，以前都白白烦恼了。"

"如果没有去轻井泽，"我脱口而出，"我觉得是不会发生的，如果不是一起去的话。"

"……是吧。一切都很顺利，好像做了一场一切都能如愿的美梦。"

哲生说道。他眯起的眼睛显得很温柔。我望着哲生，同时还看见放在眼前的橙汁颜色很美。浓密而又欢畅的、闪光的爱恋之情充溢着两人之间的小小空间。

"我们俩并不是因为夏天快来了才变得怪诞起来的，对吧？我们一直都是这样的吧!"我说道。我是想得到证实。

从小到大。

每次和别人作比较。

一想到不是这个孩子，心里就很憋气。

"那是当然的!"哲生说着笑了起来。

"以后会很快乐的吧?"

"是啊,会很快乐的。"

我这么说,哲生那么回答。明明是情人之间的对话,他却又是以一副弟弟的表情笑着。又甜又酸的感觉让人难以忍受。因为一直在等待,住在同一屋檐下,却装作若无其事,一直在等待这层纸被捅破。

我们在车站分手。我坐上通往阿姨家的电车,哲生则回家去。

哲生像平时那样连头也不回,说声"再见"就走下石阶。我看了一眼他离去的背影。他的身子挺得笔直,两条手臂随着他的步伐坚定地甩动着。

我即使闭上眼睛,也能够看见他怎么样笔直地注视着前方,他怎样稍稍弓起后背跨进电车,他怎样坐在座位上,他又以一副怎样的表情望着窗外。形影不离的三天时间像遥远的残影静静地萦绕在我的胸膛里不肯隐去。我感觉到唯有甜蜜而忧伤的、释然如愿的情感在心底静静地流淌着。

☆

　　我虽然身体十分疲惫，心里却非常清醒。我在路旁抬头朝阳光普照下的阿姨家望去，只消一眼就看得出她还没有回家。原来我心里还怀着一半企盼，此时大感失望，什么也没法思考。

　　我不知道自己是怎样走到她家门前的。我打开门锁，旋转古老的门把，走进冷寂的房子里。屋子里静悄悄的，如同深夜一般幽寂。我深深叹了一口气，把行李搬到房间里，然后找出干净的衣服，洗了一把热水澡。

　　我坐进浴池里，仿佛觉得所有的疲劳都一滴不剩地冲走了。我闭起眼睛沐浴着莲蓬头洒下的热水，头脑里迷迷糊糊地想着：接下来该怎么办？睡一会儿吧？尽管如此，脑海里浮现出来的却尽是阿姨的影子。占据在我胸膛里的还是阿姨在轻井泽的厨房餐桌边⋯⋯嗯，她多半是坐在那里写下的吧。我觉得是那样的。她一定是任凭头发披垂在桌上沙沙作响，同时随意地给我写了那张留言。她还不知道我会不会来，却一边给我写留言，一边想着我⋯⋯我特别想要阻止阿姨的旅行。我总觉得如果这时候不找到她，她一生都会这样漂泊下去。我想告诉她，处理方式不只这一种。

在热气蒸腾中，我呼唤着阿姨的名字。我的眼前一片模糊，浸泡在洗澡水里的四肢慵懒乏力。我就那样坐着，也没心思擦干湿漉漉的头发。我已经一筹莫展，但我的心却还在寻觅着阿姨。

我还不死心，洗完澡以后再次怀着侥幸的心理打开阿姨房间的门。刚洗完澡，头脑还昏昏沉沉的。走进房间时，我还希望也许又会有什么新发现。

房间里和她离开时一样狼藉满地，地板上连插脚的地方都没有。因为不通风，房间里极其闷热。我打开窗户，让下午明快的风儿吹进屋内。我感觉得到屋里凝重得像黑暗一样的空气一瞬间涌到明亮的屋外。

　　我想起第一次走进这房间时的情景。那时我还是小学生，冬日里，阿姨正在弹钢琴。我清清楚楚地回想起上次听到钢琴声就是在睡意蒙眬之中。那天夜里，阿姨独自在这里弹奏钢琴后，睡觉……不，也许她没有睡。接着她就出去旅行了。她把衣橱翻了个个儿，将要带走的东西胡乱塞进包里，无论如何都要出去旅行。我是她的妹妹，她为了逃避第二天早晨与我相对——我朝钢琴走去。钢琴是音乐室里才会有的大钢琴，琴凳是看起来坐着很舒服的木琴凳。我不会弹琴，可还是试着在椅子上坐下。我翻开沉重的琴盖，触摸着象牙色的键盘试着弹出琴声。深沉而优美的音色响彻宁静的房子。

　　合上琴盖站起身，发现钢琴另一侧的脚边掉落了一本小册子。

这时，我幡然醒悟。

咳！怎么就没想到呢！我像发现奇珍异宝似的轻轻把它捡起来。没错！那是青森的旅行指南。对了！那天阿姨曾望着远方说：

"……那成了全家最后一次旅行。是去青森啊！……"

我猜想阿姨开始并没有打算去青森。也许在轻井泽冲动地给正彦打了电话以后，她忽然看清了很多事情，于是无论如何也想去了……在旅行指南里，"恐山①"这个地方有一个记号。这本书很旧，多半是我和阿姨的父亲留下的东西。里面用大人的笔迹仔细地记录着住宿处的电话号码和一日游的路线等。我贪婪地注视着已经模糊的钢笔笔迹，轻轻抚摸着这本散发着纸味的书。是"爸爸"，我想，

① 火山，位于日本青森县北部、下北半岛，海拔879米，因曾为女巫集中的灵地而闻名。

这是爸爸的字，是确确实实曾经在这个世界上生活过的人留下的痕迹。

我珍而重之地捧着书走出房间。我确信这一次能找到阿姨。只要沿着这本书里的路线去找，找到那个住宿的地方，就一定能见到她。我拖着行李走到楼下，这时电话突然响了。

不管是谁打来的，都一定很重要。我赶紧跑进厨房，抓起正在响的电话听筒。

"喂喂?"

听筒里传来母亲的声音。我霎时间快要失声痛哭了。母亲的声音超越所有的理性和事件，渗入我那疲惫的脑袋里。我第一次住在外面是在大学没考上的那个冬天，那时从听筒的那一头传过来的就是这个声音。一瞬间，母亲的声音使我猝不及防地苏醒过来。

"妈妈?"我问，嗓子眼里十分干燥。

"哎呀，弥生! 我是打着试试的，心想你在做什么呢。你赶快回家吧，不要再玩了。你老爸在发脾气，不得了了！"

母亲多半在压抑着自己，丝毫没有流露出近来心里的各种烦恼，故意用满不在乎的口气轻松地说着这些话。接着，她提起阿姨："雪野呢？"

"哦，"我说，"现在正好出去买东西了。有什么事的话，我转告她吧。"

"不用了。重要的是你啊，我等着你啊。我挂了。"

母亲的表情、她站在走廊里的位置和墙上的木纹都清晰地浮现在我的眼前。

"我再过两三天回家，我一定回去。对不起了，我已经平静下来了，我好开心。"

我说道。这次回家以及以后的日子里也许尽会发生一些让母亲感到伤心的事。这时，电话的另一端传来房门关上的声音，听到哲生回家了："我回来了。"

"好吧，真的等着你啊。"母亲再次平静地叮嘱我。

"嗯，我很快回家。"

我说着挂断了电话，站起身急急地往大门口走，像是要拂去略带寂寞色彩的余韵。我抱起行李，向车站赶去。太阳还高高地挂着，阴霾的天空亮得刺眼。

我要赶往青森。

☆

开往盛冈的新干线列车一路超越着在暗淡的光色中铺展开去的陌生的景致。

身体疲惫至极，我几乎一直睡着。当中醒过几次，但丝毫也没有离目的地越来越近的感觉。

这次一定能见到阿姨。

我坚信这一点。我义无反顾地朝着阿姨的方向赶去。我感到心情莫名地舒畅，就好像困倦的身体的所有感觉都打开了一样。

看不见前方，只觉得眼前很甜蜜。这就已经足够。锚已起，帆刚张，暂时就单单看着优美的波浪和天空，享受一会儿幸福的感觉吧。这是可以得到允许的。

如果回家，晚餐的餐桌上会摆满我爱吃的东西，父亲大概会不惜提前下班赶回来。接着，母亲一定会逼着我打扫房间。不管我爱不爱听，母亲都会向我介绍我不在家时开放过的花儿。用不了多少时间，所有的一切就又恢复到原来的模样。在我内心里发生的质变，恐怕将随着年龄的增长而被身体慢慢吸收回去。啊！真的，"最好还是一无所知"之类的说法，根本就说不通。

……我感到释然。我觉得一切好歹总能有办法解决。在近来这些摸索探寻的日子里，靠自己能够搞定一切的信心已经消失殆尽，但现在，我又完全恢复了自信。朝着北方驶去的车窗罩着一层朦胧的光，好像梦境里一样。身体埋在座位上一动不动。在空荡荡的车厢内，车轮在铁轨上碾过的声响和乘客发出的声音以同样的音调轻轻淌进我的耳鼓深处。我要永远待在电车里呀！……我这么想着。摇晃眼看着就要融入体内……或许我睡着了，或许我看得十分真切。也许是近来每天净回想着往事的缘故，而且刚才又看见了"父亲"的笔迹，以致——

我真的开始回想起来了。

☆

"明天要去青森呢。有东西要带的话，就装在这个背囊里吧。"

姐姐用纤弱的手把红色背囊递到我面前。我并不是不期盼旅行。但是，再也没有如此悲伤的傍晚了。那是一种即使现在回想起来都令人毛骨悚然的深沉的哀伤。我无端地感到不安，感到孤寂，缠着正在梳头的母亲。我想把所有的一切都握在那只小小的手里。我怎么也无法抑制涌上心头来的哀伤的感觉。

"好吧，好吧，我明白了，让弥生来扎辫子吧。"

母亲笑了。她就是这样一个说话慢条斯理的人。我把耳朵贴在她背上，倾听她那低声细语的深沉的回响。我用孩子笨拙的小手，把母亲那散发着甜香的长发编成三股辫子。妈妈很高兴，对着镜子直笑。

"爸爸呢?"

我问。父亲不在家，我感到特别心慌。榻榻米很旧，走廊很宽。我们看着院子和水池在耀眼的夕阳下映出沉滞的色彩。

"出去买旅行用品了。他又会买回很多没用的东西。也许还会有送给弥生的礼物呢，因为你爸爸已经很久没去百货商店了。"

尽管母亲这么说，但我还是高兴不起来，嘴里喃喃说着"怎么不快些回来"，一边却不知为何眼里噙满了泪水。那种预感和当时秋天的暮色非常相似。夕阳直透我的胸膛。

"呀！你哭什么啊，这孩子……"

母亲自己也是泪汪汪的样子，双手捂住我的面颊。这让我的热泪决堤而出，我终于抽抽嗒嗒哭起来。母亲紧紧抱着我，温和地问我出了什么事。母亲就是这样一个心肠柔软的人，看见别人流泪，自己也会无端感到悲伤。

"弥生。"

背后有人喊我。回头一看，是姐姐站在那里。

"和我一起去散步吧。你这样，妈妈根本没办法收拾了。"

我点着头站起来。母亲给姐姐零花钱，让她去买点东西。我还记得那钱包上的花纹是黑底上镶着小蔷薇花。

"走到卖盒饭的地方就回来啊。"

母亲叮嘱道。父亲喜欢在百货商店里买盒饭，他会买回很多口味不同的盒饭，然后将灯拉到院子里，像夜间野餐似的吃那些盒饭。父亲常常这样在院子里吃着吃着就睡着了。我们会三个人一起把父亲抬进屋子里，或者母亲在院子里铺上棉被，做这些事的时候，我们都非常快乐。姐姐会用万能笔毫不留情地在父亲脸上乱涂乱抹，父亲丝毫也不会生气，看着镜子笑眯眯的。父亲就是那样一个人。他会趁姐姐睡着的时候，用毛笔在姐姐脸上画上胡子作为回报。对了，记得他那个时候刚刚购置了一辆新车……因此，我们才开车出去玩的吧。

我在那个"梦境"里，和小时候的自己完全融为一体，仿佛在重新体验着毫无二致的童年时代。怀念之情压得我想要大哭一场，压得我胸口喘不过气来。

晚霞红到极点。

血红色的云渲染着秋季的天空，一直延续到远方的街上。姐姐牵着我的手，我们走出木门。姐姐比我大好几岁，和姐姐在一起，仿佛整个世界都变得很平稳，我什么都不害怕了。我求她回来后弹琴给我听。我最喜欢姐姐弹奏的琴声了。在傍晚的天空下，姐姐迎着风，微微笑着，我把悲伤的心情完全托付给了姐姐那张带着大人样的笑脸和她那温润的手心。

那个城镇是在哪里呢？

那里有一条老式的商业街。傍晚，狭窄的小巷里挤挤挨挨地排满小摊小贩。有鱼摊、蔬菜铺、干货店，各种各样的嘈杂声和气味混杂在一起。我以一个孩子的目光抬头仰望那灯火辉煌的喧腾。我们手牵着手走着。熟识的大人们向我们打招呼。雪野！弥生！他们的手抚摸我们的脑袋，他们的笑脸是那样地温馨。我莫名地感到哀伤，大家都是那样地亲切。

啊！在如此美妙的黄昏里，我想我幼小的心灵里已经充满着那样的预感。

因为，那天以后，曾经在镇上过着幸福生活的我们全家再也不会回到这个镇上来了。

☆

　　我在东北本线野边地车站下车，换乘出租车前往恐山时，夜晚已经临近了。在一天时间里移动了太长的距离，身心都麻木了，我就只会像看电影似的，眺望着映入眼底的一切事物在车窗窗框里移动。汽车在初夏的山路上快速往上攀爬着，暮色渐浓的天空显得非常迷人，剔透而鲜明，无边无际地伸向遥远的青色山峦那一头。

　　我感觉到无论如何必须寻找阿姨的焦虑静静地融化在了这幅景致里。转过几道弯，汽车倾斜着车身朝上坡道的纵深方向驶去，我的信念也随之变得越来越笃实。阿姨一定在，她就在附近。我的心不可思议地变得安宁。将要沉没的阳光透过汽车车窗倾注在我的手脚上，所有的一切仿佛都是极其透明的。

这时，司机轻轻按响了喇叭，我猛一抬头，看见前面不远处的路边有一个饮水处。而且，阿姨居然就站在那里。

"那是什么？"我问。

"是涌泉，要下去看看吗？那水可甜可凉啦！"

司机说道。阿姨丝毫也没在意汽车正朝她驶来，咕嘟咕嘟地喝着勺子里的水。她空着双手，简直就像是过来散步的样子，悠闲地独自站在那里，任凭风儿舞动着她那深蓝色的长裙。

"你停一停，让我下车。"

我让车停下，下了车。风很凉。我终于见到了阿姨。

阿姨旋即发现了我。她看见我爬上山走近她，便停下再次舀满清水的手，缓缓将身子转向我，微微地笑着。那是鲜亮得让人为之一震的笑容，是迄今为止我所见到过的最美的身姿。她宛若站在陡峭的悬崖和山路中间呼吸着那深浓的绿。她一副悠然自得幸福无比的模样，显得整个人都好像大了一圈。她在风中微笑，时间仿佛静止了。

"你终于来了。"阿姨说道，"我决定不下来，不知道什么时候回去好，弥生。"

声音甜美如昔。我慢慢走到阿姨面前停下，迎着舒适的风儿，望着她的眼眸。水声潺潺，流过我的脚边。

"一起上车，去恐山看看吧。"

我说着，指了指停在我后面的出租车。

阿姨点点头，把勺里盛满的水慢慢倒掉后，将勺子插回原来的位置，接着朝汽车走去。

阿姨坐在我身边。

"那天弥生也是这样坐在我边上。"她的眼眸幽远如梦，"我怎么也不能相信是现实中发生过的事。"

"我们全家是要去恐山吗?"我问。

"是的。最后没有去成。"

阿姨说。我看着阿姨，那张被头发遮掩着的侧脸上只有嘴唇在发出声音诉说着哀伤的话语。我已经能够想象出来。在这样行驶着的汽车里，我们全家的确是四个人。前面的座位上坐着父亲和母亲，我们俩坐在后座上。在山路上快速上驶的震动中，一定直到最后一刻还在进行着愉快的对话。此刻，我清楚地回想起来了：父亲——那平静而深邃的眼神，母亲——那线条柔和的肩膀。

"你瞧！这一带就是事故现场啊。你感觉到什么了吗？"

阿姨笑了。汽车仅用几秒钟就驶过了那里。

"什么也没感觉到。"

我说。我也笑了。实际上确实什么感觉也没有。我只看见山峦的棱线在西边的天穹发出微光，在天空留下了淡淡的粉红色残影。非常漂亮。

我让出租车在湖边一座红色的桥那里等着，然后和阿姨朝着恐山的山门走去。

☆

为什么要带着全家来这样的地方呢？完全是一片不可思议的景象，好像误入了一个别样的世界。在漫无尽头高高隆起的立体山坡上，立着许许多多地藏菩萨，清晰地浮现在傍晚甘美的蓝色天空中。难以悉数的塔形木牌①摇摇晃晃，乌鸦漫天飞舞，荒凉的白色熔岩地面寸草不生，弥漫着浓烈的硫黄气味。

意外邂逅的阿姨就在我的身边，我还不敢相信。我们只是走着，遇见了无数的石像。人影稀疏，远处走动的人影和岩石混在一处，显得很小，就像玩具一样。随处可见的佛堂将影子投在空旷而荒芜的大地上。路边弯腰曲背的地藏菩萨身上缠绕

---

① 立在坟墓后，上写梵文经。

着许多五颜六色的破布条，看上去像人一样。到处都有形状不规则的小石堆，所有石堆都静悄悄的，显得很神秘。一切宛若在梦中。回过头，背后耸立着绿色的山峦。我们在雾气蒸腾的、嶙峋的灰色岩石中间向上攀登。越往上走，视野越开阔，天空也渐渐地越来越昏暗。在一座小山顶上，阿姨在一尊高大的地藏菩萨脚边坐下来。

"你总是不管在哪里，都会一屁股坐下啊。"

我说着靠在地藏菩萨上。要说的话还有许多，但好像现在都无所谓了。我们俩并排注视着分不出远近的灰色风景，吹着凉爽的风，光是这样，我就感到很幸福了。

"是啊，我喜欢坐着。因为轻松啊。"阿姨说道。她被风吹开头发露出的前额，让我回想起她年幼时的面容。

"我想起了父亲和母亲的脸啊！"我说道。

"……是吗？"阿姨说。她露出柔和的目光，望着乌鸦伸展开黑色翅膀缓缓地飞去。

"我还以为弟弟会一起来呢。"阿姨说。

"这里还是应该血亲来吧。"我笑着，"不过，刚才我们还在一起。还有，叫正彦的人也在一起。"

"哦，果然跟着来了啊。我把门牌号都告诉他了，真不知道为什么。"阿姨微笑着。

"他，你喜欢吗?"我问。

"嗯，喜欢啊。"

"……那么，你为什么要躲着他?"

"只因为喜欢相扑力士，就能马上当上相扑所的老板娘吗?"

"你这个比喻，不是有些极端吗? 现在他已经不是高中生了呀!"

"是啊……他还是个高中生，我刚见到他的时候。那时很快乐啊。"阿姨微微侧着脑袋，喃喃回忆道，"那天傍晚，我一个人在弹钢琴。正痴迷地弹着琴，有人敲门，我这才发现窗外已经全黑了。我答应了一声，那孩子说了声'对不起'就进来了。"

傍晚的天空更蓝了，残光淡淡地点缀着西边的天空。影子沉没在彼岸的景色里。

"我喜欢那孩子的脸，所以常常看着他。后来也喜欢上了他的歌声。一起去喝茶时，那孩子给我讲校园七大怪谈，我很害怕……他提出要送我回家，一直陪我穿过公园。在夜晚的树林里，他突然吻我，对我说他喜欢我。"

"这高中生真没规矩。"我打从心底里感到意外，这么说道。

这事听起来真是荒唐。但阿姨毫不在意，一脸迷醉地继续说道："……我很高兴。因为我喜欢他的长相。是啊，就是从那天开始的。"

"已经不能回头了吗?"我再一次试探地问。

"我想回头的，心里一直觉得很烦。不过现在已经不同了。现在我和妹妹一起站在这里。"阿姨站起身来，"应该早就看到却还没有见过的景色，现在也已经看见了。我也不是心里一直放不下，不过现在心情好舒畅啊。现在我在想是不是要和他重归于好。"

正彦的笑脸浮现在我眼前。第一次见面就一起吃咖喱、喝啤酒、乘电车、关系相处得很好的那名男子。

"嗯，弥生，我们下去，到湖那边看看吧？那边露出的湖滨，据说叫极乐滨。"

阿姨迈开步子，我跟着她。

沿着坡道一直走下去，有一座破旧的佛堂，佛堂的暗处隐约可见一尊高大的地藏菩萨、堆积如山的玩具、衣物和千纸鹤。阿姨在佛堂前暂停脚步，望着里面安详地闭着眼睛的地藏菩萨。面向地藏菩萨，阿姨把手伸进口袋里，叮叮当当一阵响后掏出一枚零钱，丢进佛堂里。然后她抬起一只手放在脸前，做了个"对不起"的姿势，走开了。我望着阿姨欲言又止。阿姨见状，笑了笑。

"你听说了吧，堕胎的事？"她说，"这件事最让我耿耿于怀，我就想，必须分手了吧。"

浸润在蓝色里的湖，背靠群山，静悄悄地蓄积着清澈的湖水。突然，脚底下的岩石变成细碎的白沙，在傍晚的天空里隐隐约约浮现出来。景色豁然开朗，只有堆积着的石块还保留着地狱的遗痕。

"真的像极乐世界那样美丽宁静呢。"

我说道。落寞的光景。甚至像神仙显灵。冷风吹过安静的宽阔的湖畔，在远处光亮的天幕上，傍晚的第一颗星星已经升起。黑夜一点点靠近，模糊了阿姨的轮廓。尽管如此，我的姐姐的确在我身边，和我一样，面对着这幅美丽的景色，心里面在双手合十，默默祈祷着。

"好久好久了。"阿姨冷不丁冒出这么一句。

是的，现在某些事情终于有了一个了结，我心里想。心儿清明得好像经过洗刷一样。

"谢谢你能来这里。我很佩服你的果敢。"阿姨说。她垂下眼睫毛望着岸边溢出的湖水，用和我形状一模一样的手指将刘海拢上去。"我好像很不在乎的样子，但我知道我很牵挂你。你能回想起来，我很高兴。"

"我总觉得好像一直和阿姨在一起呀！最近这段时间里。"

我说。阿姨眯起眼睛望着我，呵呵地笑了。

"你骗人，你明明和弟弟在一起。"

阿姨说道。是的，也和哲生在一起。是在一起旅行，好像从一个悠远的梦境里醒来似的。

"嗯。"我点点头，"虽然时间很短，但那些日子太不可思议了。"

珍贵得不可能再有第二次。是唯一的。

"是旅行吧。"阿姨说道，"我已经没事了。所以弥生，你可以回家去了。"

"嗯。"

我回答。我要回家去。烦恼的事儿还没有得到丝毫的梳理，况且以后还会有更多烦心事等着我。我和哲生都必须一件件地超越它们。那些事肯定会沉重得让人不敢相信。尽管如此，我能回去的地方，只有那个家。我亲眼看到了"命运"这个东西。不过，没有任何东西失去，尽是收获。我不是失去了阿姨和弟弟，而是用自己的方式发掘出了姐姐和恋人。

风刮得越来越强劲。天空越来越黑暗，就好像丝绒帷幕缓缓降下一样，星星一个又一个地显现出来。

我和阿姨默默无语，久久地伫立着眺望黑暗的湖面，简直好像希望看到已逝亲人那淡淡的面影在湖面上徘徊。

后记

　　如果我能像现在这样一直健健康康的话，看来我能写很多小说。当然也包括头脑方面的健康，所以我觉得有些悬，但这种恐惧能让作家奔跑起来。

　　如果横竖都是这么一回事，那么我希望能把自己内心的东西全部奉献给读者。从那样的意义上来说，我觉得这部小说是我内心里"某种倾向性"的雏形。虽然现在还没有成形，不知道是什么东西，但以后回过头来看，我确信，这部作品尽管太幼稚，但一定会是一部非常重要而又可爱的作品。而且我以前就非常喜欢角川电影，对"读物"颇为憧憬，所以活动的舞台也是完美的。不足的只是实力！因此，我发誓要潜心致志。

后来，因为这份工作，我得到了许多珍贵的朋友。借这个机会，我向这些朋友致谢。

为这本书封面绘画的，是敬爱的音乐家原增美女士。这事直到现在我还感觉宛若在做梦一样。

愿把名曲《夏天的黄昏》的歌词借给我用作标题的友人、音乐家实由雅子小姐。

角川书店之星、年富力强的中西千明先生。

还有为我付出辛勤劳动的《野性时代》的编辑高柳良一先生。

还有为这部小说的出版不分昼夜全力以赴的最了不起的人、角川书店编辑部的石原正康先生。

我一直担心这部小说能否出版，没想到真的出版了。我还要衷心感谢其他给予我支持的我身边的人们。这篇后记能否透示出小说的出版有多么不容易呢？

不过，假如读者们在对这些事一无所知的情况下随意拿起书，赞赏它的装帧，能在哪怕一时片刻的时间里在非同寻常的地方也能够徘徊一阵的话，那么我就是一个最最幸福的人了。我祈愿能够这样。

真的很感谢您的阅读。

再见。

吉本芭娜娜
1988 年 12 月

文库版后记

　　这部小说在发表时，还没完成就当它完成了，这次的机会来之不易，所以我又做了很大的修改。

　　在我心中，我有一个适合我个性的《哀愁的预感·完全版》，我也认为已经尽可能地在朝它靠拢，对于喜欢原来那个版本的读者，我感到很抱歉。

　　尽管如此，我还是因为书中有着太多太多的陶醉、坚强、失望、高兴、悲伤、美好等等，而累得筋疲力尽。

　　是因为年轻吧。

　　借歌词给我的实由雅子小姐当时初出茅庐，现已成为一名了不起的专业音乐家。太棒了！

　　大画家原女士绘制的封面女性（雪野），今天依然在我家的厨房里静静地微笑着。

解说由擅长写文章的责任编辑石原正康先生所作。太棒了!!

我将由衷的爱倾注其中，然后把这部小说献给石原先生。

感谢诸位读者。

最喜欢的夏天，立秋前的丑日①

接着和老朋友一起去吃烤鳗鱼的幸福的——

吉本芭娜娜　拜

---

① 日本风俗，在立秋前的丑日吃烤鳗鱼和施灸。

解说

对居住在陆地上的人们来说，去大海里就能成为最潇洒的不同国度人。对我说这句话的人，就是吉本芭娜娜颇为崇敬的音乐家、为本书封面绘画的原增美女士。据说因《上山告诉你》等作品而闻名的黑人作家詹姆斯·鲍德温是在听着自己喜欢的灵乐，全身都感染了音乐的气氛之后，才开始创作的。吉本芭娜娜就是听着原增美唱的歌进行创作的。CD自不用说，即便是在演唱会现场偷录的鼓声乱七八糟咚咚作响、歌声像泡泡那样模糊的磁带，她也乐不可支，足见吉本芭娜娜对原增美非常狂热。然后，如果有茶和能够供她不时抚摸的西伯利亚雪橇犬的头，她就能够完全投入到小说的创作中去。

原增美有一首诗，也是歌词，叫《飞龙头》。

在天空翱翔的人

像云的影子一样

在山丘上奔跑

从上面俯瞰着

在天空中飞翔的

鸽子的背脊啊

如果身体

能像心灵那样

自由地驰骋

那么无论哪里

都能去哩

HALLO　HALLO

你猜猜

现在我在哪里呢

（节选自角川文库

《特洛伊之月》中的《飞龙头》）

我不知道吉本芭娜娜是否喜欢这首歌。但是无论京都还是北海道，纵然是天地尽头的悬崖绝壁，只要听到是原增美的演唱会，哪怕单手拽着登山绳，她也会飞去的，所以我猜她是不会讨厌的。

我非常喜欢诗中"如果身体/能像心灵那样/自由地驰骋/那么无论哪里/都能去哩"这几节。我也有着希望能自由驰骋的心愿，但我知道现实生活中不可能那样，于是就会频频受到辛苦和不自由的心境攻击。

这和吉本芭娜娜笔下的人们担负的、有着低热的不幸很相似。处女作《厨房》和以后《满月》里的美影、《月影》里的早月、《泡沫/圣所》里的鸟海人鱼。代替早逝的父母养育"我"长大的祖母的去世，因为恋人的死而失眠继而开始的晨跑，受放荡的父亲影响生活不稳定的女儿……她们接受了降临到头上的不幸，形象熠熠生辉。她们有着原增美所说的去海里的人那样的美。

无论夏季还是冬季，大海都是美丽而富有魅力的。

但是在这个世上，去海里是最难受的。不知道那里隐藏着什么东西，遇见汹涌的潮流更是家常便饭。在那里，就连对话都不允许有废话，只能真心诚意讲真正想要表达的事。只能裸露着灵魂生活着。看见游过的鱼群，会有人说出违心的话吗？她身为一位作家所做的努力，也是以那样的严密为轴心的。

因此，她的作品极其讨厌暧昧。也正是因为这样，她作品里出场人物的心理以及细节的轮廓，都能得到读者的首肯。这次《哀愁的预感》以文库本出版之际，吉本芭娜娜做了很多润色，也是为了抹去这部小说中的暧昧色彩。同时，这也好比一项作业，在初版刊行至今即将三年的时间里，她把自己发现的东西慢慢加了进去。

弥生为了寻找阿姨雪野，坐在去盛冈的新干线列车里。谜团已经解开，弥生决定接受所有的人际关系。作者让弥生这样说：

在我内心里发生的质变，恐怕将随着年龄的增长而被身体慢慢吸收回去。啊！真的，"最好还是一无所知"之类的说法，根本就说不通。

我作为责任编辑要点明的，就是这个细节是后来加上的。在出校样后加上去的这一小段，让我感受到作家对于"生"的真实感受。我相信这个细节象征着她达观的姿态。

《哀愁的预感》是 1988 年夏季到秋季时创作的。当时，吉本芭娜娜曾经这么说过：

"年轻时被具有能量的事物所吸引，我觉得这是理所当然的。"

她因为什么缘故讲出这样的话来，我已经记不得了，只记得当时和她的朋友一起，我们三个人在哪条街上走着。奇怪的是，我清楚地记得，听到她这么说时，我眼前见到的是大楼的瓦砾和高耸入云的吊车。

在以文库本的形式出版时，我重新阅读了这部小说，十分清晰地感受到她当时的精神状态。身为作家，她应该是在作品中寻求一种奔跑感。发表《厨房》，创作《泡沫/圣所》，在《玛利·克莱尔》[①]杂志上开始连载《鸫》，并在接着创作《哀愁的预感》的时候，从一开始她就拒绝写自己旧作的类似物，因此她对有能量的事物特别关注，她睁大眼睛

---

① 国内译作《嘉人》。

追寻着能使自己产生奔跑感的力量源泉。吉本芭娜娜并不是因为年龄关系而特别想要表白自己，但从作品中，我们可以清楚地窥见她意欲将当时 24 岁上五官所能感觉到的所有信息全都投影在作品里的企图。

比如，《哀愁的预感》开头是这样的。

那是一幢独门独户的老式房子，坐落在离车站相当远的住宅区，地处一座大型公园的背后，所以一年四季都笼罩着粗犷的绿的气息，譬如在雨停以后的时间里，房子所在的整个街区仿佛全变成了森林，弥漫着浓郁的空气，让人喘不过气来。

正如《厨房》的开头"这个世界上，我想我最喜欢的地方是厨房"那样，在《哀愁的预感》之前发表的五部作品全都是以主人公的主观感受作为跳板开始的。然而，在《哀愁的预感》中描写阿姨雪野居住的房子时，她甚至连气闷和气味之类的感觉都作为情景描写的一个手段，这无疑是出于她想将作品映像化的意图。专门辟出一块篇幅描写围绕漂浮在浴缸里的玩具鸭发生的超常现象，也使我们强烈地感受到她对映像的强烈探索。进一步说，就连单行本的装帧也强烈地表达着她的追求。她是原增美的歌迷，多年来无论哪儿有演唱会都赶过去，这回她便以歌迷和一个不同领域专业人士的双重身份向这位偶像提出了请求，请她为自己的作品绘制封面和内文插画。她想看看封面，正患感冒的原增美完成后，顾不上睡觉就赶到早稻田的"甜蜜微笑"（一家甜品店），让她看画。吉本芭娜娜见后，红着脸不停微笑着，不胜欢喜。

都是三年前的旧事了，说多了也没意思。其实，去年冬天吉本芭娜娜出版了另一部作品《N·P》。这部作品集中了吉本芭娜娜此前作品中近亲相奸、女同性恋等主题。她在小说中一直像吸食毒品上瘾一样地爱着这些主题，这是事实。将这些主题集大成，可以理解为她将它们当肉咀嚼一番后丢弃掉。就如同只能在大海里前行的鲨鱼一样，吉本芭娜娜恐怕会在有着稀奇古怪的生物共存的大海里继续游下去吧。

角川书店编辑部　石原正康

图书在版编目(CIP)数据

哀愁的预感/(日)吉本芭娜娜著;李重民译.
—上海:上海译文出版社,2018.11(2023.5重印)
(吉本芭娜娜作品系列)
ISBN 978 - 7 - 5327 - 7785 - 3

Ⅰ.①哀… Ⅱ.①吉…②李… Ⅲ.①中篇小说—日
本—现代 Ⅳ.①I313.45
中国版本图书馆 CIP 数据核字(2018)第 086329 号

图字:09 - 2003 - 352 号

哀愁的预感	[日]吉本芭娜娜 著	出版统筹 赵武平
哀しい予感	李重民 译	责任编辑 刘 玮
		装帧设计 尚燕平

上海译文出版社有限公司出版、发行
网址:www. yiwen. com. cn
201101 上海市闵行区号景路159弄B座
江阴市机关印刷服务有限公司印刷

开本 787×1092 1/32 印张 5.75 插页 5 字数 56,000
2018 年 11 月第 1 版 2023 年 5 月第 2 次印刷

ISBN 978 - 7 - 5327 - 7785 - 3/I · 4773
定价:46.00 元